LES LIENS

Domenico Starnone est écrivain, journaliste et scénariste italien. Ancien professeur, il a écrit plusieurs livres satiriques sur le monde de l'éducation. *Via Gemito* a été récompensé par le prix Strega 2001 et *Rage de dents* a été adapté au cinéma en 2000 sous le titre *Denti.*

DOMENICO STARNONE

Les Liens

ROMAN TRADUIT DE L'ITALIEN PAR DOMINIQUE VITTOZ

FAYARD

Titre original :

LACCI
Édité par Giulio Einaudi editore s.p.a., Turin.

ISBN : 978-2-253-26191-9 – 1re publication LGF

LIVRE UN

Chapitre 1

1

Au cas où tu l'aurais oublié, mon cher, je te le rappelle : je suis ta femme. Je sais, jadis ça te plaisait et, tout à coup, ça te dérange. Je sais, tu prétends que je n'existe pas, que je n'ai jamais existé, pour t'éviter de rougir devant les intellectuels que tu fréquentes. Je sais, mener une vie rangée, rentrer à l'heure du dîner, dormir avec moi et pas avec qui bon te semble te donne l'impression d'être un demeuré. Je sais, tu as honte de déclarer : écoutez, je me suis marié le 11 octobre 1962, à vingt-deux ans ; et, voyez-vous, j'ai dit oui devant le curé dans une église du quartier Stella, je l'ai fait par amour, je n'avais rien à réparer ; car figurez-vous, j'ai des responsabilités et je vous plains si vous ne comprenez pas ce que cela signifie. Je sais tout ça, je le sais très bien. Mais que tu le veuilles ou non, les faits sont là : je suis ta femme et tu es mon mari, nous sommes mariés depuis douze ans – douze ans en octobre – et nous avons deux enfants, Sandro, né en 1965, et Anna, née en 1969. Il faut que je sorte notre livret de famille pour te faire entendre raison ?

Pardon, j'arrête, j'exagère. Je te connais, je sais que tu es quelqu'un de bien. S'il te plaît, quand tu auras lu cette lettre, rentre à la maison. Ou si c'est encore inenvisageable pour toi, écris-moi et explique-moi ce qui t'arrive. J'essaierai de comprendre, je te le promets. Déjà j'ai compris qu'il te faut plus de liberté, et c'est normal, avec les enfants nous essaierons de te peser le moins possible. Mais dis-moi ce qu'il y a entre cette fille et toi. Six jours ont passé et pas un coup de fil, pas une lettre, pas une visite. Sandro me demande où tu es, Anna refuse de se laver les cheveux parce qu'elle dit que tu es le seul à savoir les sécher comme il faut. Il ne suffit pas de jurer que cette dame – ou cette demoiselle – ne t'intéresse pas, que tu ne la verras plus, qu'elle ne compte pas pour toi, qu'elle a été le simple déclencheur d'une crise qui couvait depuis longtemps. Dis-moi son âge, comment elle s'appelle, si elle fait des études, si elle travaille, si elle ne fait rien. Je parie qu'elle t'a embrassé la première. Tu es incapable de faire le premier pas, je le sais, si personne ne vient te chercher, tu ne bouges pas. Et maintenant tu as perdu la tête, j'ai vu ton regard quand tu m'as avoué : j'ai couché avec une autre femme. Tu veux que je te dise ? Tu n'as tout simplement pas pris la mesure de ce que tu m'as infligé. Alors sache que ce ne serait pas pire si tu avais introduit ta main au fond de ma gorge, et tiré, tiré jusqu'à arracher ce qui bat dans ma poitrine.

2

On croirait à te lire que c'est moi le bourreau et toi la victime. C'est insupportable. Je déploie toute la bonne volonté dont je suis capable, je m'oblige à des efforts que tu n'imagines même pas, et la victime, ce serait toi ? Pourquoi ? Parce que j'ai haussé un peu la voix, parce que j'ai cassé la carafe ? Tu admettras que ce n'était pas sans raison. Tu réapparais sans prévenir au bout d'un mois d'absence ou presque. Tu as l'air tranquille, et même affectueux. Je pense : ouf, il a repris ses esprits. Mais alors tu me déclares sans sourciller que la même personne dépourvue d'intérêt à tes yeux quatre semaines plus tôt – trop bon, tu décides qu'il est temps de l'appeler par son nom, Lidia – est maintenant si importante que tu ne peux plus vivre sans elle. Exception faite du moment où tu as mentionné son existence, tu t'es adressé à moi comme si tu transmettais une note de service, à laquelle je n'aurais eu qu'à répondre : d'accord, pars avec cette Lidia, merci, je ferai de mon mieux pour ne pas t'importuner davantage. À peine ai-je tenté une objection que tu m'as interrompue pour te lancer dans une dissertation sur la famille : la famille dans l'histoire, la famille dans le monde, ta famille d'origine, la nôtre. Il aurait fallu que j'écoute et opine en silence ? C'est ça que tu attendais de moi ? Tu es ridicule parfois, tu crois qu'il suffit de te livrer à des considérations générales ponctuées d'anecdotes te concernant pour arranger la sauce. Mais j'en ai jusque-là de tes tours de passe-passe. Tu m'as répété pour la énième fois, mais sur un ton pathétique qu'en général tu évites, que ton enfance a été gâchée par les relations exécrables entre tes parents. Tu as employé une image coup de poing : ton père avait entouré ta mère de barbelé et chaque fois que tu voyais ces nœuds de fer acérés pénétrer sa chair, tu souffrais. Puis tu es passé à nous. Tout comme ton père avait été nocif pour vous et parce que son fantôme d'homme malheureux entraînant votre malheur te hante encore, m'as-tu expliqué, tu redoutais de faire du mal à Sandro, à Anna, et surtout à moi. Tu vois que je n'en ai pas perdu une miette. Tu as longuement déblatéré avec autant de flegme que de pédanterie sur les rôles dans lesquels nous nous étions enfermés en nous mariant – mari, femme, mère, père, fils et fille – et tu nous as décrits – toi, moi, nos enfants – comme les engrenages d'une machine absurde, obligés de répéter pour toujours les mêmes mouvements vides de sens. Tu n'en finissais plus, citant deux ou trois livres au passage pour m'imposer silence. Au début, j'ai cru que ta façon de me parler était dictée par un grave problème qui t'empêchait de te rappeler qui j'étais, une personne douée de sentiments, d'une voix propre, et pas une marionnette dans la pantalonnade que tu nous jouais. Il m'a fallu du temps pour que je te soupçonne de vouloir m'aider. Tu tentais de me faire comprendre que, tout bien considéré, en liquidant notre vie commune tu me délivrais, ainsi que les enfants, et que nous devions t'être reconnaissants de ta générosité. Vraiment, tu es trop bon, merci. Et tu t'offusques parce que je t'ai flanqué à la porte ?

Aldo, s'il te plaît, réfléchis. Nous avons besoin de discuter sérieusement, il faut que je comprenne ce qui t'arrive. Pendant la très longue période où nous avons vécu ensemble, tu as toujours été un homme affectueux, avec moi comme avec les enfants. Tu ne ressembles pas le moins du monde à ton père, je t'assure, et le barbelé, les engrenages et autres inepties que tu as alléguées m'ont totalement échappé. Il ne m'a pas échappé en revanche – ça oui – que quelque chose changeait entre nous ces dernières années, tu regardais les autres femmes avec intérêt. Je me souviens très bien de la fille du camping, l'été d'il y a deux ans. Allongé à l'ombre, tu lisais pendant des heures. Tu avais du travail, disais-tu, et tu ne t'occupais ni de moi ni des enfants, tu emportais tes livres sous les pins ou tu écrivais couché sur le sable. Mais quand tu levais les yeux, c'était pour les poser sur elle. Et tu restais là, bouche bée, comme lorsque tu te perds derrière une idée vague à laquelle tu essaies de donner forme.

À l'époque, je me suis dit que tu ne faisais rien de

mal : cette fille était belle, et on ne commande pas à son regard, tôt ou tard, il s'échappe. Mais j'ai beaucoup souffert, surtout quand tu t'es proposé pour faire la vaisselle : du jamais-vu. Tu courais à l'évier dès qu'elle y allait et tu revenais en même temps qu'elle. Crois-tu que je sois aveugle, insensible, que je ne l'aie pas remarqué ? Je me raisonnais : du calme, ça ne prouve rien. Parce qu'il me semblait inconcevable qu'une autre femme te plaise, j'étais convaincue que si je t'avais plu autrefois je te plairais toujours. Je croyais que les sentiments véritables ne changent pas, surtout quand on est marié. Cela peut arriver, me disais-je, mais seulement à des gens superficiels, or il ne l'est pas. Puis j'ai considéré qu'on vivait une époque de changements, toi aussi tu clamais qu'il fallait tout envoyer balader, et que j'avais peut-être accordé trop de place aux tâches domestiques, à la gestion de notre budget, aux besoins des enfants. Je me suis regardée en cachette dans la glace. Comment étais-je, qu'étais-je ? Mes deux grossesses ne m'avaient pas, ou peu, changée, j'étais une épouse et une mère efficace. Mais à l'évidence, il ne suffisait pas que je reste la même qu'à l'époque où l'on s'était connus et épris l'un de l'autre, l'erreur était peut-être même là, je devais me renouveler, être plus qu'une bonne épouse et une bonne mère. Alors j'ai essayé de ressembler à la fille du camping, à celles qui devaient te tourner autour à Rome, et je me suis efforcée de partager davantage ta vie en dehors de la maison. Peu à peu, une période nouvelle a commencé, tu l'auras remarqué j'espère. Ou pas ? Ou tu l'as remarqué, mais c'était inutile ? Pourquoi ? Je n'en ai pas fait assez ? Je me suis arrêtée au milieu du gué, incapable de copier les autres femmes, restant celle que j'étais ? Ou bien j'ai exagéré ? Je suis devenue trop différente, mon changement t'a perturbé, tu as eu honte de moi, tu ne m'as plus reconnue ?

Parlons-en. Tu ne peux pas me laisser dans le flou. Il faut que je sache qui est cette Lidia. Vit-elle seule, dors-tu chez elle ? Possède-t-elle ce que tu cherchais et que je n'ai plus ou n'ai jamais eu ? Tu t'es envolé en évitant par tous les moyens d'être clair avec moi. Où es-tu ? L'adresse que tu m'as laissée est à Rome, comme le numéro de téléphone, mais quand j'écris, tu ne réponds pas et quand j'appelle, personne ne décroche. Quel moyen dois-je utiliser pour te joindre ? Téléphoner à tes amis ? Débarquer à l'université ? Faire un scandale devant tes collègues et tes étudiants en révélant à tout le monde que tu es un irresponsable ?

J'ai reçu les factures de gaz et d'électricité. J'ai le loyer à payer. Et les deux enfants. Reviens tout de suite. Ils ont droit à des parents qui les entourent jour et nuit, à un père et une mère qui prennent le petit-déjeuner avec eux le matin, qui les accompagnent à l'école et viennent les chercher à la sortie. Ils ont droit à une famille, une famille avec une maison où l'on déjeune tous ensemble, où l'on joue, où l'on fait ses devoirs, où l'on regarde un peu la télé, où l'on dîne, où l'on regarde encore un peu la télé et où l'on se souhaite bonne nuit. Dis bonne nuit à papa, Sandro, et toi aussi, Anna, dites bonne nuit à votre père et sans faire de caprice, s'il vous plaît. Non, on ne lit pas d'histoire aujourd'hui, c'est trop tard ; si vous voulez une histoire, il faut vous dépêcher de vous laver les dents, papa va vous en raconter une, mais pas plus d'un quart d'heure ; après on dort, sinon demain on sera en retard à l'école, sans compter que papa a son train tôt, il risque d'être en retard lui aussi et on lui fera des remarques. Et les enfants – tu as oublié ? – courent se laver les dents, puis ils viennent te réclamer l'histoire, comme tous les soirs depuis que nous les avons conçus et tant qu'ils ne seront pas devenus grands et nous vieux. Mais ça ne t'intéresse peut-être plus de vieillir avec moi, ni de voir grandir nos enfants. C'est ça ? Réponds : c'est ça ?

J'ai peur. La maison est isolée, tu connais Naples, notre quartier n'est pas sûr. La nuit, j'entends des bruits et des rires, je ne dors pas, je suis à bout. Et si des voleurs entraient par la fenêtre ? Et s'ils nous prenaient notre poste de télévision, notre tourne-disque ? Et si quelqu'un qui t'en veut se vengeait en nous assassinant dans notre sommeil ? Comment peux-tu ne pas mesurer la charge que tu laisses peser sur moi ? As-tu oublié que je ne travaille pas, que je ne sais pas comment m'en sortir ? Ne me pousse pas à bout, Aldo, méfie-toi. Je pourrais te le faire payer cher.

3

J'ai vu Lidia. Elle est très jeune, belle, bien élevée. Elle m'a écoutée avec beaucoup plus d'attention que toi. Après elle a dit une chose tout à fait juste : c'est à lui que tu dois parler, votre relation ne me concerne pas. Exact, c'est une étrangère, j'ai eu tort de vouloir la rencontrer. Que pouvait-elle me dire : que tu l'as désirée, que tu l'as prise, qu'elle t'a plu et te plaît encore ? Non, non, le seul qui peut m'expliquer les tenants et les aboutissants de cette situation, c'est toi. Elle a dix-neuf ans, elle ne connaît rien à rien. Tu en as trente-quatre, tu es un homme marié, cultivé, qui jouit d'une situation respectable et estimé. C'est à toi de fournir une explication argumentée, pas à Lidia. Et pourtant, tout ce que tu as trouvé à me dire au bout de deux mois, c'est que tu n'arrives plus à vivre avec nous. Ah oui ? Et pourquoi donc ? Avec moi – tu l'as juré – il n'y avait aucun problème. Tes enfants ne sont pas le sujet, ce sont tes enfants, ils se sentent bien avec toi et de ton côté – tu es le premier à le reconnaître – tu te sens très bien avec eux. Alors ? Pas de réponse. Tu ne sais que bégayer : je ne sais pas, c'est arrivé. Et si je te demande : as-tu un nouveau lieu de vie, de nouveaux livres, des objets qui t'appartiennent, tu réponds non, je n'ai rien, je vais mal. Et si je te dis : tu vis avec Lidia, vous dormez ensemble, vous mangez ensemble, tu éludes, tu grommelles : mais non, on se fréquente, c'est tout. Je t'avertis, Aldo. Ne continue pas ce petit jeu avec moi, je ne le supporte plus. Toutes nos conversations sonnent faux. Ou, pour être plus exacte, je m'épuise à essayer d'être vraie pendant que tu me débites des mensonges, et ces mensonges prouvent que tu as perdu toute estime pour moi, que tu me rejettes. J'ai peur, de plus en plus. Je redoute que tu réussisses à communiquer ton mépris pour moi aux enfants, à nos amis, à tout le monde. Tu veux m'isoler, m'exclure de tout. Et surtout tu veux empêcher toute tentative de bilan de notre histoire. Ça me rend folle. Contrairement à toi, j'ai besoin de savoir, il est urgent que tu m'expliques par a plus b pourquoi tu m'as quittée. Si tu me considères encore comme un être humain, et pas comme un animal qu'on chasse à coups de bâton, tu me dois une explication. Et une explication qui tienne debout.

4

C'est clair maintenant pour moi. Tu as décidé de te défiler, de nous abandonner à notre destin. Tu désires une vie à toi, et nous n'y avons pas notre place. Tu désires aller où bon te semble, voir qui bon te semble, te réaliser comme bon te semble. Tu entends quitter notre petit monde pour entrer dans le grand, avec ta nouvelle femme. À tes yeux nous sommes la preuve que tu as gaspillé ta jeunesse. Tu nous considères comme une maladie qui t'a empêché de grandir et, sans nous, tu espères te rattraper.

Si j'ai bien compris, tu désapprouves que je dise aussi souvent *nous*. Mais c'est ainsi : les enfants et moi sommes *nous*, et toi, désormais, tu es *toi*. En partant, tu as rayé d'un trait notre vie avec toi. Tu as démoli notre façon de te voir, notre perception de toi. C'était délibéré, planifié, tu nous as forcés à constater que tu n'étais qu'un produit de notre imagination. Si bien que nous voilà maintenant, Sandro, Anna et moi, exposés à la misère, à l'absence de sécurité la plus totale, à l'angoisse, tandis que tu te la coules douce Dieu sait où avec ta maîtresse. La conséquence à ce stade, c'est que les enfants sont à moi seule, ils ne t'appartiennent pas. Tu as fait en sorte que, pour moi comme pour eux, leur père devienne une illusion.

Pourtant tu dis que tu veux maintenir le lien. D'accord, je n'ai rien contre, l'essentiel est que tu nous expliques comment. Souhaites-tu être père à part entière, même si tu m'as exclue de ta vie ? Souhaites-tu t'occuper de Sandro et d'Anna, te consacrer à eux sans moi ? Veux-tu être une ombre qui fait son apparition de temps en temps pour me les laisser après ? Demande aux enfants, vois si cela leur convient. Je te signale juste que tu leur as enlevé sans crier gare ce qu'ils croyaient posséder, et que par conséquent ils vont très mal. Sandro, qui te considérait comme son modèle, se retrouve livré à lui-même ; Anna ignore quelle faute elle a commise, mais l'imagine si grave qu'elle vit ton départ comme une punition. Voilà la situation, à toi de jouer, je serai spectatrice. Mais je te préviens tout de suite : un, je ne te permettrai pas de compromettre ma relation avec eux et, deux, je t'empêcherai de causer à mes enfants encore plus de mal que tu ne leur en as déjà fait en te révélant un père défaillant.

5

J'espère que tu as compris cette fois pourquoi la fin de notre relation signifie la fin de tes rapports avec Sandro et Anna. Trop facile de dire : je suis le père et je veux continuer à l'être. Tu as prouvé concrètement qu'il n'y pas de place pour les enfants dans ta vie actuelle, que tu veux te libérer d'eux comme tu t'es libéré de moi. En effet quand t'es-tu jamais réellement soucié de leur sort ?

Voici les dernières nouvelles, à supposer qu'elles t'intéressent. Nous avons déménagé, je n'avais plus les moyens de payer le loyer. Nous sommes allés vivre chez Gianna, en trouvant un arrangement. Les enfants ont dû changer d'école et d'amis, Anna souffre de ne plus voir Marisa, à qui tu n'ignores pas qu'elle tenait beaucoup. Tu savais depuis le début que ça finirait comme ça, qu'en me quittant tu leur créerais toutes sortes d'ennuis et d'humiliations. As-tu levé le petit doigt pour l'éviter ? Non, tu n'as pensé qu'à toi.

Alors que tu avais promis à Sandro et à Anna que tu passerais l'été avec eux, tout l'été, tu es venu les chercher à reculons un dimanche. Ils étaient contents. Mais au bout du compte que s'est-il passé ? Tu me les as ramenés quatre jours plus tard en arguant que ça t'angoissait de t'occuper d'eux, que tu ne te sentais pas à la hauteur, et tu es parti avec Lidia, tu as disparu de la circulation jusqu'à l'automne sans te demander s'ils pourraient partir en vacances, où, comment, avec qui, grâce à quel argent. C'était ton confort qui comptait, pas celui des enfants.

Venons-en aux visites du dimanche. Tu arrivais délibérément tard pour ne rester que quelques heures. Tu ne leur as jamais proposé de sortie, tu n'as jamais joué avec eux. Tu regardais la télé et eux attendaient, assis à côté de toi, guettant tes réactions.

Les fêtes ? Noël, jour de l'An, Épiphanie, Pâques, pas un signe de toi. Pire, quand les enfants t'ont demandé explicitement de les prendre, tu as toujours répondu que tu n'avais pas de lieu pour les héberger, comme s'ils étaient des étrangers. Anna a dessiné un rêve de mort et te l'a expliqué en détail. Tu n'as pas bronché, ça ne t'a pas perturbé, tu l'as écoutée et ton commentaire a été : quelles jolies couleurs. Tu ne reprenais du poil de la bête que dans nos discussions à deux, quand tu éprouvais le besoin de souligner que tu avais ta vie, que ta vie n'était pas la nôtre, que notre séparation était définitive.

Aujourd'hui je sais que tu as peur. Tu redoutes que les enfants t'ébranlent dans ton choix de nous exclure, qu'ils s'immiscent dans ta nouvelle relation, la compromettent. Voilà pourquoi, mon cher, tes discours comme quoi tu veux rester le père, c'est du vent. La réalité est autre : en te libérant de moi, tu veux du même coup te libérer des enfants. Il est évident que ta critique de la famille, des rôles et autres balivernes n'est qu'une excuse. Tu n'es pas du tout en train de combattre une institution qui oppresse les individus en les réduisant à des fonctions. Si tel était le cas, tu t'apercevrais que je suis d'accord avec toi, que moi aussi je veux m'en affranchir et changer. Si tel était le cas, une fois la famille démantelée, tu t'arrêterais devant l'abîme affectif, économique et social où tu nous pousses et tu te hâterais de reconnaître nos sentiments et nos désirs. Mais non. Tu veux te débarrasser de Sandro, d'Anna, de moi en tant qu'individus. Tu vois en nous un obstacle à ton bonheur, tu nous perçois comme un piège qui entrave ton désir de jouissance, tu nous considères comme une scorie irrationnelle et maligne. Tu t'es dit dès le début : il faut que je reprenne possession de moi-même, même si ça doit les tuer.

6

Tu me sers la métaphore de l'escalier. Tu vois – me dis-tu – comment on gravit des marches ? On pose d'abord un pied, puis l'autre, comme on nous l'a appris petits. Mais la joie des premiers pas n'y est plus. En grandissant, notre foulée s'est modelée sur celle de nos parents, de nos frères aînés, des personnes à qui nous sommes liés. Désormais nos jambes obéissent à des habitudes acquises. Et nous avons perdu la tension, l'émotion, le bonheur de la foulée, de même que la singularité de notre allure. Nous nous croyons maîtres de nos jambes, mais il n'en est rien, nous avançons sur ces marches en compagnie d'un tas de gens auxquels nous nous sommes adaptés, l'assurance de nos jambes est le résultat d'un pur conformisme. Et tu conclus que soit l'on change de foulée en retrouvant la joie des débuts, soit l'on se condamne à la normalité la plus terne.

Ai-je bien résumé tes propos ? Puis-je à présent donner mon opinion ? C'est une image stupide, tu es capable de mieux, mais je veux bien t'en faire crédit. Sur le mode figuré qui t'est habituel, tu as voulu me signifier que nous avons été heureux autrefois, mais que par la suite ce bonheur s'est soumis à des rites qui d'un côté ont permis que les jours, les mois et les années passent sans trop de problème, mais d'un autre nous ont étouffés, ainsi que les enfants. Très bien. Mais là il faut que tu m'expliques ce qui en découle. Veux-tu dire que si c'était possible tu reviendrais volontiers quinze ans en arrière, mais qu'à partir du moment où l'on ne peut pas remonter le temps et que d'autre part le plaisir des débuts est plus fort, il ne te reste qu'à recommencer avec Lidia ? C'est ça que tu veux dire ? Si c'est le cas, j'ai une nouvelle à te communiquer. Moi aussi depuis quelque temps, je sens que la joie d'autrefois s'est estompée. Moi aussi depuis quelque temps, je pense que nous avons changé, que ce changement nous est nocif, ainsi qu'à Sandro et à Anna, qu'il crée le risque d'une cohabitation pénible pour nous et pour eux. Moi aussi depuis quelque temps, je crains qu'en nous contentant de vivoter ensemble et d'élever nos enfants nous n'agissions contre nous et contre eux, alors il vaut mieux que je te quitte. Mais moi, contrairement à toi, je ne crois pas que les clés du paradis terrestre aient été égarées par ta faute et qu'il me convienne par conséquent de m'attacher à un autre homme moins distrait. Moi, pour prix de ma libération, je ne vous supprime pas, je ne nie pas votre existence. Une libération qui passe par quoi, d'ailleurs ? Par la formation d'un nouveau couple et d'une nouvelle famille, comme toi avec Lidia ? Aldo, s'il te plaît, cesse de te payer de mots, je suis à bout, c'est la dernière fois que je tente de te faire entendre raison. Il est imbécile de regretter le passé, autant que courir derrière d'éternels recommencements. Une seule issue est possible à ton désir de changement : nous quatre. Toi, moi, Sandro, Anna. Nous avons le devoir de trouver ensemble une nouvelle foulée. Regarde-moi, regarde-moi bien, s'il te plaît, regarde-moi en me voyant. Je n'ai aucune nostalgie. J'essaie de gravir ton pauvre escalier à ma propre allure, et je veux avancer. Mais si tu ne nous laisses aucune chance, ni à moi ni à mes enfants, j'irai en justice et je demanderai leur garde exclusive.

7

Tu as enfin eu une réaction sans équivoque. Tu n'as pas cillé devant la décision du juge, tu n'as pas bougé le petit doigt pour revendiquer ta fonction paternelle, dont tu t'étais tant gargarisé. Tu as accepté que je m'occupe seule des enfants, en faisant fi du besoin qu'ils pouvaient avoir de toi. Tu m'as chargée de leur existence, tu l'as éloignée officiellement de la tienne. Qui ne dit mot consent, donc nos enfants mineurs me sont désormais confiés. *Décision exécutoire de plein droit.* Bravo, je suis vraiment fière de t'avoir aimé.

8

Je me suis suicidée. Je sais que je devrais écrire *j'ai tenté de me suicider*, mais c'est inexact. En pratique, je suis morte. Tu crois que je l'ai fait pour t'obliger à revenir ? Est-ce la raison pour laquelle, là encore, tu t'es bien gardé de te montrer ne serait-ce que cinq minutes à l'hôpital ? Avais-tu peur de te retrouver dans une situation d'où tu n'aurais plus su sortir ? Ou craignais-tu de devoir regarder en face les dégâts que tu avais causés ?

Mon Dieu, tu es vraiment un homme faible à l'esprit confus, dépourvu de sensibilité et superficiel, à l'opposé de ce que j'ai cru de toi pendant pas moins de douze ans. Tu ne t'intéresses pas aux gens, à leur capacité de changer, à leur évolution. Tu les utilises. Tu ne les prends en considération que s'ils te placent sur un piédestal. Tu ne les fréquentes que s'ils te reconnaissent du prestige et un rôle digne de toi, que s'ils t'empêchent par leurs compliments de voir qu'en réalité tu es vide et que ce vide te panique. Chaque fois que ce mécanisme se grippe, chaque fois que les autres prennent leurs distances et essaient de s'affirmer, tu les démolis et tu passes ton chemin. Tu n'en as jamais assez, tu cherches toujours une façon d'être au centre. Parce que, dis-tu, tu veux être un homme de ton temps. Tu baptises ta frénésie participation. Ça, pour participer, tu participes. Et même trop. Mais en réalité tu es un homme passif, tu pioches tes idées et tes mots dans les livres qui font l'actualité et tu jongles avec, tu es tributaire des conventions et des modes imposées par les gens qui comptent, parmi lesquels tu espères bien t'introduire. Tu n'es jamais toi-même, tu ne l'as jamais été, tu n'as même pas idée de ce que ça veut dire. Tu ne te préoccupes que de saisir les occasions qui pourraient passer à ta portée. L'occasion à Rome avait la forme d'un poste d'assistant à l'université, tu es devenu assistant. La contestation estudiantine a croisé ta route, tu t'es mis à la politique. Ta mère, qui te tenait sous sa coupe, est morte, tu m'as épousée moi, qui jouais le rôle de fiancée. Tu as conçu des enfants, mais seulement parce qu'il te semblait nécessaire d'ajouter le statut de père à celui de mari, c'est ce qu'on fait communément. Une gamine de bonne famille est passée à ta portée, tu es devenu son amant au nom de la libération sexuelle et de la désagrégation de la famille. Tu resteras toujours sur cette lancée, tu ne seras jamais ce que tu veux, mais ce qui se présente.

Pendant toute cette période terrible – un enfer de trois ans –, j'ai tenté de t'aider. Je me suis efforcée nuit et jour de creuser au fond de moi, de t'inciter à en faire autant. Tu ne t'en es pas aperçu. Tu m'as écoutée d'une oreille distraite, je parierais que tu n'as même pas lu mes lettres. De mon côté, j'admettais que, oui, la famille nous étouffe et nous impose des rôles destructeurs, que par conséquent je faisais un effort inouï pour arriver au cœur du problème et que je changeais, je changeais en tout, j'étais en expansion. Mais tu ne t'en rendais même pas compte ; et si tu t'en rendais compte, tu faisais le dégoûté, tu te défilais et, d'une allusion, d'un regard, d'un geste, tu me renvoyais au néant. Le suicide, mon cher, a été une ratification. Tu m'as tuée depuis longtemps, et pas dans mon rôle d'épouse, mais comme être humain qui se trouvait dans son moment de plus grande plénitude et sincérité. Que j'aie survécu, qu'au regard de l'état civil je sois encore vivante n'est pas une chance pour moi, tant s'en faut, mais pour mes enfants. Ton absence, ton indifférence jusque dans ces circonstances m'ont prouvé que, si j'étais morte, tu aurais continué ta route de toute façon.

9

Je réponds à tes questions.

Ces deux dernières années, j'ai travaillé sans discontinuer dans différents postes, en général pour un salaire de misère, dans le public comme dans le privé. Je n'ai un emploi stable que depuis peu.

Notre séparation est sanctionnée de fait par notre livret de famille et par l'attribution de la garde, signée de ta main. Je ne vois pas l'urgence d'autres initiatives.

Je reçois bien l'argent que tu envoies, même si je ne t'ai jamais rien demandé ni pour moi ni pour mes enfants. Dans la limite de ma situation économique, j'essaie de ne pas y toucher, je l'épargne pour Sandro et Anna.

La télé est en panne depuis longtemps et je ne paie plus la redevance.

Tu écris que tu as besoin de rétablir une relation avec les enfants. Tu considères que, quatre ans étant passés, nous pouvons aborder le problème sereinement. Mais que reste-t-il à aborder ? N'as-tu pas clairement défini la nature de ton besoin quand tu as déclaré forfait en nous volant notre vie, quand tu les as abandonnés parce que tu ne supportais pas d'être responsable d'eux ? Quoi qu'il en soit, je leur ai lu ta demande et ils ont décidé de te rencontrer. Je te rappelle au cas où tu l'aurais oublié que Sandro a treize ans et Anna neuf. Ils sont pétris d'incertitudes et de peurs. N'aggrave pas leur état.

LIVRE DEUX

Chapitre 1

1

Procédons par ordre. Peu avant notre départ en vacances, Vanda, souffrant d'une fracture au poignet qui ne voulait pas guérir, a loué pour deux semaines un stimulateur électrique sur le conseil de son orthopédiste. Le prix fixé avec le loueur était de deux cent cinq euros, l'objet devant être livré sous vingt-quatre heures. Le lendemain vers midi, on a sonné et comme ma femme était occupée à la cuisine, je suis allé ouvrir, précédé comme toujours par le chat. Une jeune femme mince, cheveux bruns coupés court, trop clairsemés peut-être, et visage délicat d'une grande pâleur où ressortaient des yeux vifs sans maquillage, m'a tendu une boîte grise. J'ai pris le paquet et annoncé – parce que mon portefeuille était dans mon bureau : je reviens tout de suite. Elle m'a suivi à l'intérieur alors que je ne l'avais pas invitée à entrer.

« T'es trop beau, s'est-elle exclamée en s'adressant au chat, comment tu t'appelles ?

— Labès, ai-je répondu.

— C'est quoi ce nom ?

— Ça vient de "La Bestiole". »

Elle a ri, s'est penchée, a caressé Labès.

« Ça fait deux cent dix euros, a-t-elle précisé.

— Ce n'était pas deux cent cinq ? »

Elle a secoué la tête, concentrée sur le chat, à qui elle chatouillait la gorge en murmurant des mots sans queue ni tête. Puis, toujours accroupie, elle m'a répondu sur un ton calme de personne habituée à sonner aux portes par profession et qui sait donc calmer l'angoisse d'une personne âgée devant l'irruption d'un étranger : « Ouvrez la boîte, la facture y est, vous verrez que c'est deux cent dix. » Et sans cesser de chatouiller le chat, elle a glissé un regard curieux par la porte de mon bureau.

« Tous ces livres.

— Je m'en sers pour mon travail.

— Il y a de quoi faire. Et toutes ces statuettes ! Ce cube là-haut, d'un bleu magnifique, c'est du bois ?

— Non, du métal. Je l'ai acheté à Prague il y a longtemps.

— C'est vraiment chic chez vous », a-t-elle déclaré en se relevant. Puis elle a de nouveau montré la boîte : « Vérifiez. »

Ses yeux vifs m'ont plu.

« Non, ça va », ai-je répondu en lui tendant deux cent dix euros.

Elle les a pris et m'a recommandé, en même temps qu'elle faisait au revoir au chat :

« Ne vous fatiguez pas trop à lire. Ciao, Labès.

— Au revoir. Et merci », ai-je répondu.

Fin de l'épisode. Quelques minutes ont passé et Vanda est sortie de la cuisine dans un tablier vert qui lui arrivait aux chevilles. Elle a ouvert la boîte, branché le cordon d'alimentation, vérifié que le générateur marchait et examiné le solénoïde pour comprendre son fonctionnement. Pendant ce temps, par curiosité, j'ai jeté un coup d'œil à la facture. La jeune fille m'avait entourloupé.

« Il y a un problème ? a demandé ma femme, à qui mes variations d'humeur n'échappent jamais, même quand elle est distraite.

— La personne qui l'a apporté m'a réclamé deux cent dix euros.

— Et tu les lui as donnés ?

— Oui.

— Je t'avais dit que c'était deux cent cinq.

— Elle inspirait confiance.

— C'était une femme ?

— Une jeune fille.

— Mignonne ?

— Bof.

— C'est un miracle qu'elle ne t'ait fauché que cinq euros.

— Cinq euros, ce n'est pas le bout du monde.

— Cinq euros, ça équivaut à dix mille lires. »

Les lèvres pincées, comme toujours quand elle est contrariée, elle s'est plongée dans le mode d'emploi. Elle accorde beaucoup d'importance à l'argent. Toute sa vie elle a économisé de façon obsessionnelle et, aujourd'hui encore, en dépit de ses vieux os, elle n'hésite pas à se baisser en pleine rue pour ramasser dans la saleté une pièce d'un centime. Elle fait partie de ces gens qui soulignent volontiers, principalement pour se le rappeler à eux-mêmes, qu'un euro équivaut à deux mille lires et que, voilà quinze ans, deux personnes dépensaient douze mille lires pour aller au cinéma, tandis qu'aujourd'hui, avec l'entrée à huit euros, elles en dépensent trente-deux mille. Notre bien-être actuel et, dans une certaine mesure, celui de nos enfants, qui nous demandent souvent un coup de pouce financier, n'est pas tant dû à mon travail qu'à sa gestion rigoureuse. Par conséquent, le fait qu'une étrangère venait d'empocher cinq de nos euros avait dû la chagriner, autant que l'aurait réjouie la découverte de la même somme près d'une voiture en stationnement.

Comme c'est souvent le cas, son dépit a augmenté le mien. Je vais écrire un mail à la société, ai-je déclaré en allant dans mon bureau, bien décidé à dénoncer cette petite escroquerie. Je voulais calmer ma femme, dont la désapprobation a toujours été pour moi une source d'angoisse, sans compter que je m'exposais à ses sarcasmes sur le fait qu'à mon âge je suis encore bêtement sensible aux minauderies féminines. L'ordinateur allumé, j'ai repassé dans ma tête les gestes de la livreuse, sa voix, ses paroles. J'ai repensé au ton enjôleur avec lequel elle s'était extasiée sur le chat, sur le grand nombre de livres, et je me suis rappelé la façon pressante, presque affectueuse, dont elle m'avait invité à ouvrir le paquet et à vérifier. À l'évidence, un coup d'œil lui avait suffi pour décider qu'elle me grugerait sans mal.

Ce constat m'a agacé. J'ai tracé dans ma tête la ligne séparant la réaction que j'aurais eue quelques années plus tôt (*ne me faites pas perdre de temps, voici la somme convenue, au revoir*) et celle que j'avais eue aujourd'hui (*le chat s'appelle Labès, je me sers des livres pour mon travail, j'ai acheté le cube à Prague, non ça va merci*). Je me suis décidé à taper deux ou trois phrases acerbes sur le clavier. Mais la perplexité et le manque de conviction ont vite pris le dessus, j'ai pensé : va savoir comment vit cette nana, boulots précaires mal payés, parents à charge, loyer excessif, besoin d'acheter du maquillage ou une paire de collants, mari ou fiancé au chômage, problèmes de drogue. Si j'écris à sa boîte, elle perdra aussi ce petit job. En fin de compte, qu'est-ce que cinq euros, un pourboire que spontanément je lui aurais donné volontiers en cachette de ma femme. Et de toute façon, si par ces temps de misère elle continue à gonfler les factures à son avantage, elle se cassera vite le nez sur quelqu'un de moins accommodant que moi, qui le lui fera payer.

J'ai renoncé à ma réclamation. J'ai assuré à Vanda que je l'avais envoyée et oublié l'épisode.

2

Quelques jours plus tard, nous sommes partis à la mer. Ma femme a préparé les bagages, je les ai descendus et traînés jusqu'à la voiture. C'était une journée de grosse chaleur. La rue ordinairement très passante était déserte, aucun bruit ne venait des immeubles voisins, dont les fenêtres et les balcons étaient presque tous protégés par des barreaux et des stores baissés.

L'effort m'a mis en nage. Vanda voulait m'aider et comme, soucieux de la fragilité de ses os, je l'en ai empêchée, elle m'a dicté ses consignes sur la façon de ranger le coffre. Elle était sur les nerfs, la perspective de quitter notre appartement la déstabilisait. Même s'il ne s'agissait que d'une semaine dans un hôtel près de Gallipoli – pension complète à un prix abordable, sans autre activité que dormir, se promener sur la plage, profiter de la baignade –, elle répétait encore que pour sa part elle serait volontiers restée lire sur son balcon entre le citronnier et le néflier.

Nous habitons ici depuis trente ans et chaque fois qu'il nous faut investir d'autres lieux, elle finit par se comporter comme si nous devions ne jamais y revenir. Chaque année il est plus ardu de la convaincre de nous accorder une escapade. Pour commencer, elle a toujours l'impression de porter préjudice à ses enfants et petits-enfants. Et par-dessus tout elle déteste quitter Labès : elle l'aime et il le lui rend bien. Moi aussi bien sûr j'aime notre bestiole, mais pas au point de gâcher mes vacances. C'est pourquoi il me faut la persuader avec diplomatie que le chat labourera de ses griffes les meubles de l'hôtel, répandra une mauvaise odeur dans notre chambre, dérangera les autres clients en miaulant la nuit. Et quand elle se résigne enfin à s'en séparer, je dois m'assurer que nos enfants passeront remplir sa gamelle et changer sa litière. C'est ordinairement pour elle une source de stress. Frère et sœur ne sont pas en bons termes et il faut s'arranger pour qu'ils n'aient pas à se rencontrer. Il y a toujours eu des tensions entre eux, depuis l'adolescence, mais la situation s'est compliquée voilà une douzaine d'années, à la mort de tante Gianna. Au cours de son existence mouvementée, la sœur aînée de Vanda n'a pas eu d'enfants, elle s'est prise d'une affection particulière pour Sandro et a fini par lui léguer une somme coquette, tandis qu'Anna héritait de babioles sans valeur. Ça a provoqué une dispute, Anna exigeant qu'on fasse fi des dernières volontés de leur tante pour partager l'héritage équitablement et Sandro refusant. La conséquence est qu'ils ne se voient plus, ce qui, ajouté aux aléas de leurs existences décousues, fait beaucoup souffrir leur mère. J'établis donc un planning avec leurs tours de rôle pour qu'ils n'aient pas à se croiser quand ils s'occupent de Labès, tandis que Vanda, qui se méfie de mes capacités d'organisation, supervise et s'assure que l'un et l'autre aient bien les clés de chez nous. Cela pour dire comme tout est laborieux. Mais en attendant nous voici, elle et moi, au milieu de nos bagages. Nous vivons ensemble depuis cinquante-deux ans, un gros écheveau de temps. Vanda est une dame de soixante-seize ans faussement énergique et moi un monsieur de soixante-quatorze faussement distrait. Depuis toujours elle organise ma vie et ne s'en cache pas, moi depuis toujours, je suis ses instructions sans protester. Elle est très active malgré ses soucis de santé, tandis que je suis paresseux malgré ma bonne santé. J'ai déjà rentré la valise rouge dans le coffre, mais ma femme s'insurge, elle n'est pas d'accord, la noire doit aller dessous et la rouge dessus. J'ai décollé ma chemise dans mon dos en la pinçant entre mes doigts, puis j'ai ressorti la valise rouge, l'ai déposée sur l'asphalte avec un gémissement exagéré pour empoigner la noire. À ce moment-là une voiture est arrivée.

Impossible de ne pas la remarquer puisque la ville entière, et pas seulement notre rue, semblait vide, les feux tricolores changeaient de couleur pour rien, on entendait jusqu'au gazouillis des oiseaux dans les frondaisons des arbres. L'auto est passée près de nous et a roulé quelques mètres avant de piler. Pendant une ou deux secondes, j'ai nettement perçu le bruit des engrenages dans la boîte de vitesses. Puis, en grinçant, une rapide marche arrière a ramené la voiture à notre hauteur.

« Pas possible, s'est écrié le conducteur – des yeux noyés dans l'ombre, des dents de vieux. On passe, et qui voilà ? Vous, vous en personne, dans la rue, comme ça. Quand je raconterai ça à mon père, il ne voudra pas me croire. »

Enthousiaste, il riait de satisfaction. J'ai abandonné la valise noire et tenté de repêcher dans ma mémoire des traits – nez, bouche, front – qui me permettent de le situer. Mais je n'ai rien trouvé, son visage mobile l'était encore plus sous le coup de l'émotion, dont il n'arrivait pas à sortir. Il parlait sans reprendre son souffle, il a déversé sur moi une avalanche de mots à propos de son père qui se souvenait de moi avec estime et affection, des difficultés que je l'avais aidé à affronter quand il était jeune, de comment les choses s'étaient ensuite arrangées et se présentaient de mieux en mieux. Il répétait sans cesse : quel plaisir, et alors que je ne comprenais toujours pas si j'avais été le bienfaiteur de son père, le sien ou les deux, j'ai vite estimé que j'avais dû l'avoir comme étudiant, soit dans ma jeunesse, pendant la courte période où j'avais été prof dans un lycée de Naples, soit pendant la période plus longue où j'avais enseigné à l'université de Rome. Il m'arrivait souvent de rencontrer des inconnus ravis de me voir, des visages adultes souvent très marqués où je reconnaissais – le plus souvent feignais de reconnaître – les traits d'anciens étudiants. Oui, ai-je conclu, c'est l'hypothèse la plus probable, il s'agit sûrement d'un de mes étudiants, et je n'ai pas voulu peiner cet homme en ne le reconnaissant pas. J'ai pris un masque cordial pour lui demander :

« Comment va ton père ?

— Bien. Des ennuis de cœur, rien de grave.

— Donne-lui le bonjour de ma part.

— Je n'y manquerai pas.

— Et toi, ça va ?

— Très bien. Vous vous souvenez peut-être que je voulais aller en Allemagne. C'est ce que j'ai fait et là-bas, la chance a fini par me sourire. Quelles perspectives offre l'Italie ? Aucune. Tandis qu'en Allemagne j'ai monté une petite entreprise, je travaille le cuir, je fais des sacs, des vestes, de la marchandise de qualité qui se vend bien.

— Je suis content pour toi. Tu es marié ?

— Pas encore, je me marie cet automne.

— Tous mes vœux, et encore une fois, donne bien le bonjour à ton père.

— Vous ne pouvez pas savoir comme ça lui fera plaisir. »

J'ai attendu qu'il redémarre, mais il n'a pas bougé. Nous sommes restés comme ça plusieurs secondes, un grand sourire plaqué sur les lèvres, muets. Puis il a secoué énergiquement la tête :

« Non, non, allez savoir quand l'occasion se présentera à nouveau. Je vais vous laisser au moins un cadeau, à votre épouse et vous.

— Une autre fois, nous sommes sur le départ.

— J'en ai pour une minute. »

L'homme est descendu de voiture, il était énergique, résolu, il a ouvert son coffre. Voilà, s'est-il exclamé à l'adresse de Vanda en lui tendant un petit sac à main brillant qu'elle a accepté presque à contrecœur, comme si elle craignait de se salir. Pour moi, l'inconnu a choisi une veste en cuir noir, il l'a placée contre moi en murmurant : elle vous va à merveille. Je me suis défendu : c'est trop, je ne peux pas accepter. Mais il n'en démordait pas, il s'est adressé de nouveau à Vanda. Il voulait lui donner aussi un blouson à fermetures étincelantes. C'est juste votre taille, a-t-il affirmé tout content. J'ai voulu l'arrêter : tu as été très aimable, merci encore, mais plus de cadeaux, l'heure tourne, nous risquons de trouver des bouchons. Il a changé, son visage où les expressions glissaient s'est figé : je vous en prie, il n'y a pas de quoi, quand on peut, je ne vous demande qu'une petite aide, quelques euros pour l'essence, je monte en Allemagne, mais ce n'est pas obligé, si vous trouvez que c'est trop, ce qui est donné est donné.

Je n'y comprenais plus rien : son père, la gratitude, la petite entreprise allemande, les affaires florissantes, et maintenant il voulait quelques euros pour l'essence ? J'ai porté machinalement la main à mon portefeuille, cherché cinq ou dix euros et découvert que je n'avais qu'un billet de cent. Je regrette, ai-je murmuré, mais déjà je sentais le sang battre à mes tempes, j'étais sur le point de lui lancer : en fait non, je ne regrette pas du tout, reprends ton fourbi et décampe. Un instant a suffi. D'un geste précis, à la fois rapide et léger, il a plongé pouce et index en pince dans mon portefeuille, refermé les doigts sur le billet de cent euros pour l'extraire avec des yeux emplis d'une cordiale reconnaissance et la seconde suivante, déjà assis à son volant, il repartait en s'écriant : merci, c'est papa qui va être content.

Si le petit manège de la fille au solénoïde n'avait suscité en moi que de l'amertume, cet épisode m'a fait mal. La voiture n'avait pas encore disparu au bout de la rue que ma femme s'est écriée, incrédule :

« Tu lui as donné cent euros ?

— Je ne lui ai rien donné du tout, il les a pris.

— C'est du toc, sa marchandise, de l'imitation cuir, ça sent la morue.

— Tu n'as qu'à tout jeter.

— Pas question, au pire ce sera pour la Croix-Rouge.

— Très bien.

— Non, ce n'est pas bien du tout. On a grandi à Naples, bon sang, et tu te laisses pigeonner comme ça ? »

3

J'ai conduit des heures, jusqu'à la côte, écœuré par la mauvaise odeur des vestes et du sac à main. Vanda n'arrivait pas à se faire une raison. Cent euros, répétait-elle, deux cent mille lires, ce n'est pas possible. Puis son irritation est retombée, elle a soupiré avec résignation et déclaré : bon, il faut en prendre son parti, n'y pensons plus. Je me suis empressé d'acquiescer tout en cherchant une petite phrase aussi efficace pour clore l'incident. Mais je n'ai rien trouvé de convaincant et la sensation m'a envahi que le moindre choc pouvait me casser. Cela tenait, je crois, au lien que j'ai bien vite établi entre la livreuse brune et le filou aux dents de vieux. Tous deux – ai-je pensé – n'avaient eu besoin que d'un coup d'œil pour se dire : avec ce type, on joue sur du velours. Et ils avaient eu raison, je m'étais laissé embobiner sans mal. À l'évidence mon système d'alarme interne avait dû perdre sa sensibilité pour finir par se désactiver. Ou que sais-je, avec les années le signe distinctif de l'homme à qui on ne la fait pas, quelque chose dans le regard, le pli de la bouche, s'était estompé. Ou plus simplement je m'étais comme embrumé, j'avais perdu l'élasticité et la vigilance qui au cours de ma vie m'avaient permis d'échapper à la misère de mes origines, d'élever mes enfants, de m'imposer dans des milieux fermés, de conquérir un tant soit peu d'aisance économique, de m'adapter aux circonstances bonnes ou mauvaises. Je ne savais pas comment j'avais changé au juste et dans quelle mesure, mais ça me paraissait évident.

Nous étions presque arrivés à destination quand

je reçus une nouvelle preuve discrète que je courais vraiment le risque de perdre le contrôle du délicat mécanisme de poids et contrepoids qui pendant cinq décennies avait assuré l'équilibre de ma vie. Tout en bravant sans enthousiasme la circulation frénétique des vacances, j'ai cherché à me souvenir si on m'avait déjà escroqué dans le passé, sans rien trouver. En revanche, la mémoire m'est revenue d'un épisode ancien où j'apparaissais sous un bon jour. Emporté par mes pensées, j'ai brisé notre long silence pour rappeler sans préambule à Vanda, qui somnolait le front contre la vitre, ce jour – de printemps j'en étais sûr – où elle m'avait accompagné à la RAI. Je ne me souvenais pas de l'année avec exactitude, ni des circonstances, peut-être n'était-ce même pas à la RAI – ai-je ajouté –, je n'y travaillais peut-être pas encore, va savoir où nous étions allés. Mais à coup sûr, au terme d'une course en taxi j'avais réglé le chauffeur avec un billet de cinquante mille lires, ce dernier avait prétendu n'avoir reçu que dix mille, chacun avait défendu sa position et le type s'était montré désagréable y compris avec elle qui, ayant vu de ses yeux les cinquante mille lires, était venue à ma rescousse. J'avais pris le chauffeur de haut comme je sais le faire. Je lui avais demandé ses nom, prénom et compagnie avant de lui annoncer qu'il pouvait garder les cinquante mille lires, mais que j'allais de ce pas à la gendarmerie. Il avait débité les renseignements d'un ton hargneux, puis grommelé entre ses dents : c'est pas mon jour aujourd'hui, pourquoi je suis au boulot et avec la grippe en plus, avant de finir par me rendre ma monnaie. Tu te rappelles ? ai-je demandé à ma femme, fier de moi.

Elle est revenue à elle et m'a regardé, incrédule.

« Tu confonds, m'a-t-elle dit d'un ton glacial.

— Ça s'est passé exactement comme ça.

— Ce n'est pas moi qui étais dans ce taxi avec toi. »

À ces mots, j'ai senti un rouge brûlant monter droit de ma poitrine à mon front, je l'ai refoulé.

« Bien sûr que si tu étais avec moi.

— Arrête.

— Tu ne te souviens pas.

— Arrête.

— J'étais peut-être tout seul », ai-je marmonné, et j'ai cessé de parler aussi brusquement que j'avais commencé.

Nous avons parcouru les derniers kilomètres dans un silence boudeur. Nous avons retrouvé un peu de bonne humeur à notre arrivée à l'hôtel, quand on nous a donné une chambre avec vue sur la mer. Le soir, le dîner nous a semblé excellent et, de retour dans la chambre, nous avons découvert que la climatisation était tout à fait discrète, tandis que le matelas et les oreillers de bonne qualité ménageraient la pauvre colonne vertébrale de Vanda. Nous avons avalé nos pilules et sombré dans un profond sommeil.

Peu à peu j'ai retrouvé ma sérénité. Le temps a été beau toute la semaine, l'eau limpide, nous avons profité de belles baignades et de longues promenades. La campagne et les maisons étaient sans épaisseur, à certaines heures la mer prenait des teintes vert-bleu éclatantes sous le soleil radieux, les couchers de soleil étaient rouges. Tant pis si au buffet de midi comme du soir les clients de l'hôtel se livraient à une compétition effrénée pour rafler le maximum de nourriture, si Vanda me reprochait de ne pas remplir assez mon assiette, si la salle à manger résonnait désagréablement de cris d'adultes et d'enfants, si après vingt-trois heures, les serveurs nous alarmaient en nous intimant de ne pas descendre à la plage parce que c'était dangereux, au point de barricader notre temps de sommeil derrière une quantité notable de grilles aussi bien côté mer que côté rue, nous avons passé quand même de bonnes vacances.

« Quelle brise délicieuse.

— Ça fait des années qu'on n'a plus vu une eau pareille.

— Chérie, fais attention aux méduses.

— Tu as vu des méduses ?

— Non, je ne crois pas.

— Alors pourquoi tu me fais peur ?

— J'ai dit ça comme ça.

— Ou pour me gâcher ma baignade.

— Mais non. »

Nous avons même obtenu, grâce à l'insistance de Vanda, un parasol au premier rang. À l'ombre, allongés sur les lits de plage face à l'eau soporifique, nous avons lu, ma femme des livres de vulgarisation scientifique en me communiquant de temps à autre des informations sur le monde subatomique ou l'espace profond, moi des romans et de la poésie que je lui récitais parfois à voix basse, non pas tant pour qu'elle la goûte que pour y prendre moi un plaisir supplémentaire. Après le dîner, sur la terrasse, il nous est arrivé souvent de voir ensemble la même étoile filante, ce qui nous a enthousiasmés. Nous avons célébré le ciel nocturne, l'air parfumé et, à la moitié de la semaine déjà, pas seulement cette plage ou cette mer, mais la planète entière nous semblait relever du miracle. Le reste du séjour, je me suis senti vraiment bien. J'ai savouré la chance que j'avais d'être depuis pas moins de soixante-quatorze ans une heureuse transmutation de la substance cosmique bouillonnant dans le chaudron de l'univers, un fragment de matière vivante et pensante, peu sujet qui plus est aux ennuis de santé et doté par pur hasard d'une expérience limitée du malheur. Seule ombre au tableau, les moustiques qui me piquaient la nuit de préférence à Vanda, laquelle, dormant en paix, soutenait qu'il n'y en avait pas. Pour le reste, il faisait sacrément bon vivre et avoir vécu. Je me suis étonné moi-même de mon optimisme, état pour lequel je n'ai aucune vocation.

Sauf qu'au moment de partir – à six heures du matin pour éviter les encombrements – le vent a tourné. Le ciel s'est assombri et nous avons fait tout le voyage de retour avec la pluie, sous de larges et lourdes gouttes, par une autoroute encore plus périlleuse qu'à l'aller, sur fond d'éclairs et coups de tonnerre impressionnants. J'ai conduit de bout en bout, comme du reste à l'aller (Vanda est une catastrophe au volant), même si j'ai souvent eu l'impression de ne plus maîtriser la voiture et de partir, surtout dans les virages, sous les roues d'un camion ou contre la glissière.

« Il faut vraiment qu'on roule aussi vite ?

— Je ne roule pas vite.

— Arrête-toi et attendons que ça se calme.

— Ce n'est pas parti pour.

— Mon Dieu, quel éclair.

— Tu vas entendre le tonnerre.

— À ton avis, il pleut aussi fort à Rome ?

— Je ne sais pas.

— Labès a peur du tonnerre.

— Il survivra. »

Ma femme, qui à la mer n'avait mentionné le chat qu'au moment de téléphoner à Sandro ou à Anna pour s'assurer que tout se déroulait sans encombre, a parlé de lui pendant tout le voyage avec appréhension. Labès représentait la tranquillité de la maison où elle ne rêvait que d'arriver au plus vite, même si cela ne l'empêchait pas de critiquer la témérité de ma conduite. Son anxiété a augmenté quand nous avons trouvé la même pluie violente à Rome, une eau sale qui roulait dans les caniveaux et formait de vastes flaques sombres devant les bouches d'égout. Nous nous sommes garés dans notre rue à deux heures de l'après-midi, il faisait une chaleur étouffante malgré la pluie. J'ai déchargé les bagages. Vanda a voulu me tenir le parapluie, mais comme de la sorte on se mouillait tous les deux, je lui ai conseillé de monter à la maison. Elle a résisté brièvement avant d'obtempérer, j'ai empoigné sacs et valises et suis arrivé trempé à l'ascenseur. Ma femme qui était déjà en haut m'a crié du palier :

« Laisse les bagages et viens tout de suite.

— Que se passe-t-il ?

— Je n'arrive pas à ouvrir la porte. »

4

Je ne lui ai pas accordé grande attention. Le monde ne s'arrêtera pas de tourner si Vanda attend deux minutes, ai-je pensé, et j'ai déposé les bagages dans l'ascenseur tout en répondant à ses appels de plus en plus pressants par de paisibles « ça y est, j'arrive ». Ce n'est qu'en empilant sacs et valises sur notre palier que j'ai mesuré sa frayeur. Elle avait ouvert avec ses clés, mais quelque chose coinçait. Regarde, a-t-elle dit en m'indiquant le vantail entrouvert. J'ai poussé, mais sans grand résultat, la porte était bloquée. Au prix d'une douloureuse contorsion du cou, j'ai enfilé la tête par l'étroit entrebâillement.

« Alors ? a demandé Vanda, anxieuse, en tenant ma chemise comme si elle craignait de me voir tomber Dieu sait où.

— Il y a beaucoup de désordre.

— Où ?

— À l'intérieur.

— Qui a pu faire ça ?

— Je n'en sais rien.

— Je téléphone à Sandro. »

Je lui ai rappelé que nos enfants étaient maintenant en vacances : Sandro avait dû partir le matin même pour la France avec les enfants de Corinne, quant à Anna allez savoir où elle était. Je lui téléphone quand même, a insisté ma femme, qui compte plus sur son fils que sur moi, en cherchant son téléphone portable dans son sac. Mais soudain elle a renoncé, se souvenant de Labès qu'elle a appelé d'une voix forte, impérieuse. Nous avons attendu : pas un bruit, pas un miaulement. Alors nous avons poussé ensemble sur le battant et, à force, avec un grincement provenant du sol, l'ouverture s'est élargie. J'ai pénétré dans l'appartement.

L'entrée d'habitude impeccable n'avait plus figure humaine. Comme charriés par une crue furieuse, le canapé et la table du séjour y avaient échoué l'un sur l'autre. Le vieux bureau d'Anna gisait sur le côté. Les tiroirs étaient sortis – ou avaient été enlevés – et traînaient par terre, l'un debout, les autres renversés au milieu de vieux cahiers, crayons, stylos, compas, équerres et petits sujets qui appartenaient à l'enfance et à l'adolescence de notre fille.

J'ai risqué quelques pas prudents et senti aussitôt craquer sous mes semelles des résidus de bibelots divers. Ma femme m'a appelé : Aldo, Aldo, qu'est-ce qui se passe, ça va ? J'ai examiné la porte. Un des nombreux éclats jonchant le sol l'empêchait de pivoter, j'ai retiré le débris et ouvert. Vanda est entrée d'un pas hésitant, comme si elle craignait de trébucher et de tomber. Elle a blêmi, son bronzage tournant à la vase verdâtre. Comme j'avais l'impression qu'elle allait s'évanouir, je l'ai prise par le bras, mais elle s'est dégagée sans un mot pour se hâter vers le séjour, les chambres occupées autrefois par les enfants, la cuisine, la salle de bains, notre chambre.

J'ai pris mon temps. En général quand s'annonce une situation délicate, je ralentis, pour ne pas céder à une mauvaise réaction. Tandis que Vanda, passé le premier désarroi, se jette tête la première dans l'horreur et se bat de toutes ses forces. C'est ainsi depuis que je la connais, et ça n'a pas manqué cette fois encore. En entendant ses pas dans le couloir, dans les différentes pièces, j'ai senti plus encore que j'étais fragile, au point de me fissurer. J'ai regardé à la ronde, puis me suis risqué dans mon bureau en veillant à ne pas piétiner les gravures qui ornaient les murs jusqu'à la semaine précédente et gisaient à présent sur le sol parmi les vitres brisées, les cadres démantibulés, les étagères arrachées, les livres à la reliure cassée, les fragments de vinyles. J'y étais encore, ramassant une vieille vue de Capri, quand Vanda est revenue. Que fais-tu, a-t-elle protesté dans tous ses états, viens voir, c'est un vrai désastre. Mais déjà elle me décrivait le spectacle de désolation qui m'attendait : placards vidés, cintres et vêtements aux quatre coins de la maison, notre lit défait, un acharnement furieux contre tous les miroirs, sans compter les stores relevés, les fenêtres et les portes-fenêtres des balcons grandes ouvertes, allez savoir combien de bêtes étaient entrées, lézards, geckos, rats peut-être. Elle a éclaté en sanglots.

Je l'ai ramenée dans l'entrée. J'ai poussé le bureau dans un coin, descendu la table du canapé, que j'ai remis sur ses pieds et l'ai fait asseoir. Reste ici, lui ai-je dit sur un ton où de l'agacement transparaissait malgré moi, et j'ai fait le tour de l'appartement avec une consternation croissante. Pas un coin de la maison qui ne fût sens dessus dessous, ce serait un travail de plusieurs jours et une grosse dépense pour qu'elle redevienne un tant soit peu vivable. Le lecteur de CD avait volé par terre parmi des disques brillants, de vieux papiers classés naguère dans leurs dossiers et des coquillages – une multitude de coquillages en miettes d'avoir été piétinés – qu'Anna collectionnait quand elle était petite et que nous avions stockés dans des cartons. Partout, dans le séjour, mon bureau, les chambres des enfants, de vieux meubles auxquels nous tenions avaient été abîmés de différentes manières. Et la salle de bains ? Une porcherie : médicaments, coton, papier W.-C., dentifrice éjecté du tube, miroir brisé, savon liquide répandu aux quatre coins. J'ai senti le poids de la douleur : pas la mienne, celle de Vanda. C'est elle qui prenait soin de notre intérieur comme d'un être vivant, qui assurait ordre et propreté, qui avait obligé les enfants et moi au fil des années à respecter des règles vexatoires, bien utiles néanmoins pour tout trouver à sa place. Je suis revenu près d'elle, assise dans la pénombre de l'entrée.

« Qui a pu faire ça ?

— Des voleurs, Vanda.

— Pour voler quoi ? Nous n'avons aucun objet de valeur.

— Justement.

— Que veux-tu dire ?

— Ils n'ont rien trouvé et ont vandalisé la maison.

— Par où sont-ils entrés ? La porte était fermée à clé.

— Par les balcons, les fenêtres.

— Il y avait cinquante euros dans le tiroir de la cuisine, ils les ont pris ?

— Je ne sais pas.

— Et le collier de perles de ma mère ?

— Je ne sais pas.

— Où est Labès ? »

5

Le chat, en effet, où était-il ? Vanda s'est levée précipitamment, l'a appelé dans une sorte de furie. J'en ai fait autant avec plus de modération. Nous avons regardé dans toutes les pièces, nous nous sommes penchés aux fenêtres, sommes sortis sur les balcons en criant son nom. Il est peut-être tombé, a murmuré ma femme. Nous étions au troisième étage et en bas l'attendait la pierre nue de la cour. Non, l'ai-je rassurée, il a dû se cacher, pris de peur. Peur des étrangers qui s'étaient introduits chez nous. Peur doublée de répulsion, comme nous en éprouvions nous-mêmes maintenant à l'idée que des mains inconnues avaient touché nos affaires. Soudain une hypothèse a effleuré ma femme : et s'ils l'avaient tué ? Elle n'a pas attendu ma réponse et j'ai pu lire dans ses yeux : c'est ça, ils l'ont tué. Elle a cessé de l'appeler pour fouiller à nouveau la maison avec frénésie. Elle déplaçait les objets, se faufilait entre les meubles renversés, examinait ceux qui étaient restés debout. J'ai essayé de la précéder. Les voleurs avaient pu exercer sur Labès la même fureur absurde qu'ils avaient déversée sur les objets inanimés. Je préférais tomber le premier sur son cadavre pour le cacher au besoin. Je suis allé inspecter le dressing où nous rangions les vêtements d'hiver, certain l'espace de quelques secondes de découvrir l'animal dépecé ou pendu au milieu des manteaux, comme dans un film d'horreur. J'ai seulement constaté le même vandalisme qu'ailleurs : la barre métallique arrachée, les vêtements par terre. Aucune trace de Labès.

Vanda a semblé soulagée. Non seulement elle pouvait à nouveau imaginer le chat encore vivant, mais au cours de son exploration elle avait eu la bonne surprise de retrouver exactement dans le tiroir où elle le gardait le collier de perles de sa mère – seul bijou qu'elle se soit jamais autorisé – et sous l'évier, recouverts d'une couche de lessive, les cinquante euros qu'elle avait laissés dans le placard de la cuisine. Les voleurs lui ont soudain paru bien bêtes. Ils avaient fouillé partout et tout cassé à la recherche d'allez savoir quels trésors sans trouver le peu qu'ils pouvaient voler : le collier de perles, les cinquante euros. Voilà qui est bien, ai-je souligné, maintenant arrêtons de nous agiter. Je suis tout de même retourné sur le balcon de mon bureau, sur celui du séjour, pour comprendre comment ils avaient pu grimper jusqu'au troisième étage et en même temps, sans le montrer, j'ai cherché des traces de Labès dans la cour. Qu'était cette tache sombre sur l'auvent du premier étage ? Du sang qui résistait malgré la pluie chaude ?

J'ai acquis la conviction que les voleurs – deux, trois ? – avaient atteint la corniche par la gouttière, pour enjamber ensuite notre balcon. Le store avait été relevé à la force des bras, ils avaient dégondé la porte-fenêtre déjà vieille sans casser les vitres et étaient entrés. Il aurait fallu mettre des barreaux, me suis-je dit avec regret en parcourant du regard les fenêtres et les balcons des autres immeubles. Mais pourquoi se protéger quand on n'a rien à défendre ? Je me suis retourné pour entrer. À cet instant précis, plus que notre appartement dévasté, c'était le silence de l'immeuble vide qui m'angoissait. Ni ma femme ni moi n'avions la possibilité de nous libérer de ce poids, de montrer à quelqu'un les dégâts et l'affront que nous avions subis, de recevoir conseils et solidarité, de goûter un peu de sympathie. La plupart de nos voisins étaient encore en vacances, on n'entendait ni bruit de pas ni éclat de voix, pas un claquement de porte, le gris de la pluie dématérialisait tout. Vanda, qui avait dû lire dans mes pensées, a déclaré : rentre les valises, je vais voir si Nadar est là. Elle n'a pas attendu que j'acquiesce, elle ne supportait plus de rester seule avec moi dans la maison, c'était évident. Je l'ai entendue descendre l'escalier et s'arrêter au premier étage, où elle a frappé à la porte de notre voisin, un ami de longue date, unique occupant de l'immeuble à ne pas partir en vacances d'habitude.

J'ai rentré nos bagages. Dans le capharnaüm général, ils me semblaient constituer la seule oasis d'ordre et, en dépit du linge sale qu'ils contenaient pour l'essentiel, être nos seuls biens exempts de contamination. J'ai entendu distinctement la voix de ma femme, celle du voisin. Elle parlait avec véhémence, Nadar l'interrompait de temps à autre de sa voix flûtée de personne distinguée. Quatre-vingt-onze ans, juge à la retraite, il était très cordial et tout à fait lucide en dépit de son âge. Je suis retourné sur le palier, j'ai regardé dans la cage d'escalier. Nadar s'appuyait sur sa canne. J'ai vu ses touffes de cheveux blancs clairsemées de chaque côté du crâne. Il prononçait des paroles de réconfort dans une syntaxe recherchée et avec une voix forte de sourd. Il essayait de se rendre utile, il avait entendu des bruits, mais pas au milieu de la nuit, plutôt le soir. Il avait pensé au tonnerre, il pleuvait sur Rome sans interruption depuis la veille. En revanche il était sûr d'avoir clairement entendu miauler toute la nuit.

« Où ? s'est empressée de demander ma femme.

— Dans la cour. »

Vanda a relevé la tête, m'a découvert en haut de l'escalier.

« Viens, a-t-elle crié, Nadar a entendu miauler dans la cour. »

Je l'ai rejointe sans conviction, si cela n'avait tenu qu'à moi, j'aurais fermé la porte de l'appartement et serais reparti à la mer. Nadar a voulu chercher le chat avec nous alors que je l'invitais à se ménager, car il pleuvait toujours. Nous avons quadrillé la cour en appelant le chat tous les trois. Je n'arrivais pas à me concentrer, je pensais : heureusement que l'eau a effacé toute trace de sang ; je pensais : on ne le trouvera pas, il s'est terré pour mourir en paix. Pendant ce temps, j'observais notre voisin, mince, voûté, la peau du visage rose tendue sur le front et les pommettes. Mon avenir était-il cet homme-là, en admettant qu'il me reste autant d'avenir devant moi ? Vingt ans à vivre. Vingt ans : Vanda et moi, moi et Vanda, parfois Sandro avec les enfants, parfois Anna. Il fallait ranger l'appartement, lui redonner figure humaine, ne pas perdre notre temps de la sorte.

Nadar s'est frappé le front, une chose importante lui était revenue :

« On a sonné plusieurs fois chez vous ces derniers jours.

— Qui ?

— Je ne sais pas. Mais j'ai entendu l'interphone.

— Chez nous ?

— Oui. »

J'ai relevé avec un peu d'ironie :

« Tu entends l'interphone sonner chez nous, mais pas les voleurs qui vandalisent notre appartement ?

— C'est la surdité, s'est-il justifié : il était habitué à prêter beaucoup d'attention aux bruits très faibles et presque aucune aux grands.

— Combien de fois a-t-on sonné ?

— Cinq ou six. Un après-midi, je me suis penché à la fenêtre.

— Qui était-ce ?

— Une jeune dame. »

Comme Nadar qualifiait aussi ma femme de jeune dame, je lui ai demandé de me la décrire. Il a été vague.

« Petite, brune, trente ans maximum. Elle a expliqué qu'elle distribuait des prospectus dans les boîtes aux lettres. Je ne lui ai pas ouvert.

— Tu es sûr qu'elle sonnait chez nous ?

— Archisûr.

— Et puis ?

— Hier soir.

— Toujours elle ?

— Je ne sais pas, il y avait deux personnes.

— Deux jeunes dames ?

— Un homme et une femme. »

Vanda m'a fait signe, elle était près du bassin. Son visage osseux très pâle faisait ressortir ses yeux verts. Elle a annoncé :

« J'ai trouvé un moineau mort. »

J'ai été le seul à comprendre le sens de sa phrase : Labès est un redoutable chasseur de toutes les créatures volantes. J'ai quitté Nadar pour rejoindre Vanda. La pluie avait plaqué ses cheveux blancs. Ça ne veut rien dire, lui ai-je répondu, rentre, je vais à la police. Mais elle a secoué la tête énergiquement, elle préférait m'accompagner. Notre voisin, qui après vingt ans de retraite se considérait toujours comme investi d'une autorité judiciaire, a soutenu qu'il pourrait nous être utile. Il nous a emboîté le pas.

6

Nous nous sommes présentés avec nos parapluies dégoulinants au poste de carabiniers le plus proche où un jeune homme en uniforme pétri de bonnes manières nous a accueillis dans un bureau minuscule. Nadar a aussitôt décliné nom, prénom – Marossi Nadar – et surtout fonction : président de cour d'appel. Il a résumé les faits qui nous amenaient avec une précision garante de crédibilité, avant hélas de dévier sur lui et sa longue carrière dans les eaux agitées du XXe siècle italien. Le jeune carabinier a prêté l'oreille comme s'il était descendu dans l'Hadès et qu'il écoutait converser les morts.

J'ai tenté plusieurs fois de m'immiscer dans les digressions historiques de Nadar pour revenir à notre appartement et l'état dans lequel nous l'avions trouvé, mais quand j'y suis arrivé, ça a été plus fort que moi : la façon dont notre voisin s'était mis en avant m'avait énervé et j'ai voulu signifier à notre jeune interlocuteur que moi non plus je n'étais pas le premier venu. Je lui ai donc répété mon nom deux ou trois fois – Aldo Minori, Aldo Minori, Aldo Minori – pour juger de son effet sur lui. En l'absence de toute réaction, j'ai fini par citer une émission de télévision remontant aux années quatre-vingt, que j'avais conçue pratiquement tout seul et qui m'avait valu une notoriété certaine. Mais le carabinier, qui à cette date était probablement à peine né, n'avait jamais entendu parler ni de l'émission ni de moi. Il a souri d'un air gêné et, fort désormais de l'autorité que Nadar et moi avions perdue depuis longtemps, a dit en s'armant de patience : revenons à nous.

J'ai bafouillé – moi qui d'ordinaire pèse mes mots, ne réponds jamais à côté – et répété que les voleurs avaient vandalisé notre appartement. Puis de nouveau, je me suis laissé emporter et j'ai raconté tout à la fois la livreuse qui avait demandé cinq euros de trop et l'homme qui m'avait escroqué une semaine plus tôt en bas de chez moi. Ce n'est pas tout : j'ai moi-même relancé Nadar en le poussant à témoigner qu'une jeune femme avait sonné à notre interphone plusieurs fois dans la semaine et qu'un couple s'était manifesté la veille même. Ravi de reprendre la parole, il a rapporté un à un tous les appels à l'interphone en donnant une foule de détails superflus. Il ne s'est interrompu que lorsque la porte s'est ouverte derrière nous. Avant qu'aucun de nous trois ait pu se retourner, quelqu'un a communiqué par gestes avec notre interlocuteur. Le jeune homme a éclaté de rire et eu du mal à retrouver son sérieux, puis il a murmuré excusez-moi et fini par demander :

« Que vous ont-ils volé ?

— Que nous ont-ils volé ? », ai-je répété, mais en

m'adressant à ma femme. Et elle qui n'avait rien dit depuis le début a murmuré :

« Rien.

— Des bijoux en or ? a demandé le carabinier.

— Je ne possède que ces boucles d'oreilles, dont je ne me sépare jamais.

— Pas d'autres bijoux ?

— Un collier de perles de ma mère, mais ils ne l'ont pas trouvé.

— Il était bien caché ?

— Non. »

Je suis intervenu :

« Les voleurs ont tout retourné, mais sans méthode, ils n'ont même pas trouvé les cinquante euros que mon épouse avait laissés dans le placard de la cuisine. Les billets étaient sous la lessive renversée par pur goût de nuire. »

Le jeune carabinier a pris une expression contrariée, puis il s'est adressé surtout à Nadar. Ce sont des Gitans, a-t-il affirmé, des gamins qui entrent par les fenêtres et les balcons, entassent des meubles contre la porte au cas où les propriétaires rentreraient et fouillent partout : ils cherchent des objets en or, voyez-vous, et s'ils n'en trouvent pas, ils se vengent en cassant tout. J'ai précisé : il n'y avait pas de meubles contre la porte, elle était coincée par des débris. Puis j'ai ajouté : vous devriez peut-être envoyer quelqu'un contrôler par exemple s'ils ont laissé des empreintes. Là, le carabinier s'est montré moins patient. Il a déclaré d'un ton ferme, dans une syntaxe de bon élève, que la télévision et la réalité étaient deux choses différentes, que des épisodes de ce genre arrivaient sans arrêt, que nous avions eu de la chance de ne pas nous retrouver assassinés dans notre lit. Il nous a expliqué que le gouvernement réduisait les effectifs des forces de l'ordre pour augmenter ceux de l'armée, ce qui dans une période de misère croissante compromettait la sécurité des citoyens et, peut-être même, la démocratie. Il nous a fait comprendre qu'avoir été jadis magistrat ou avoir parlé à la télévision ne faisait qu'établir notre part de responsabilité dans la laideur qui frappait le monde d'aujourd'hui. Enfin il nous a conseillé de mettre des barreaux à nos fenêtres et d'installer un système d'alarme qui signale instantanément toute effraction à la patrouille la plus proche. Même si, a-t-il ajouté avec une ironie non dissimulée, je ne vois pas à quoi ça peut vous servir puisqu'il n'y a rien à voler chez vous.

Ma femme s'est agitée sur sa chaise :

« Nous ne trouvons plus notre chat.

— Ah.

— Et si on nous l'avait pris ?

— Dans quel but ?

— Je ne sais pas. Pour demander une rançon. »

Le carabinier lui a souri avec une sympathie qu'il n'avait manifestée ni à Nadar ni à moi : « Tout est possible, madame Minori, mais maintenant chassez ces idées sombres et concentrez-vous sur les aspects positifs : c'est une bonne occasion pour réagencer votre appartement, vous débarrasser du superflu, retrouver des objets utiles dont vous aviez oublié l'existence. Quant au chat, il en a peut-être profité pour partir en quête d'une fiancée. »

J'ai ri, Nadar aussi.

Pas Vanda.

7

Nous sommes rentrés chez nous, il ne pleuvait plus. Nous avons eu du mal à nous libérer de notre voisin qui aurait voulu constater en personne l'ampleur du désastre. Ce n'est qu'un vieil imbécile, a dit ma femme en colère, il a importuné le carabinier avec ses vantardises et tu n'as pas fait mieux. Je suis resté coi : c'était déprimant de l'admettre, mais elle avait raison. Je l'ai aidée à ranger un minimum au moins la cuisine, mais elle m'a vite chassé, je compliquais son travail. Je suis allé sur le balcon de mon bureau. J'espérais qu'avec toute cette pluie l'air se serait rafraîchi, mais la chaleur restait étouffante et l'eau sale qui gouttait mouillait désagréablement mes cheveux, ma chemise.

Vanda m'a appelé pour le dîner, sur un ton peut-être un peu trop impérieux. Nous ne nous sommes pas dit grand-chose. À un moment elle est revenue sur l'idée d'appeler les enfants, j'ai objecté qu'ils avaient déjà des vies compliquées, qu'il valait mieux les laisser tranquilles, au moins pendant les vacances. Sandro venait sans doute d'arriver chez ses beaux-parents en Provence et Anna était presque certainement en Crète avec quelque nouveau fiancé. Ne les dérangeons pas, ai-je dit en essayant de les protéger, mais elle a tout de même voulu leur envoyer un texto à tous les deux, sans doute : on a été cambriolés et on ne trouve plus Labès. Anna a répondu tout de suite, succinctement, comme à son habitude : Mon Dieu, désolée pour vous, prenez soin de vous ; tandis que Sandro, à son habitude aussi, s'est manifesté une heure plus tard avec un message élaboré. Il était passé chez nous la veille au soir comme convenu ; il y était resté de vingt et une heures à vingt et une heures trente ; il nous conseillait de signaler à la police qu'à cette heure-là la maison était parfaitement en ordre et Labès en excellente santé ; il terminait par des mots très affectueux et nous conseillait d'aller à l'hôtel au moins pour ce premier soir.

Vanda a plus été réconfortée par les messages des enfants que par ma présence, qui semblait l'énerver davantage au fil des heures. Après le dîner, nous nous sommes consacrés au rangement de notre chambre et soudain l'histoire du chauffeur de taxi et la réaction de ma femme m'ont traversé l'esprit. J'ai redouté que dans ce fouillis d'objets déplacés elle tombe sur quelque chose m'appartenant qui l'attriste ou la blesse. Dès que le lit a été à peu près utilisable, je l'ai convaincue de s'étendre.

« Et toi ?

— Je vais m'occuper du salon.

— Ne fais pas de bruit. »

J'ai foncé droit dans mon bureau vérifier si le lourd cube de métal que j'avais acheté à Prague voilà plusieurs décennies était encore à sa place, en haut de l'étagère. Il s'agissait du même objet qui avait tant frappé la fille au solénoïde, un bibelot laqué bleu, de vingt centimètres de côté. Il n'avait jamais trouvé grâce aux yeux de Vanda, mais j'y tenais. Quand nous avions emménagé dans cet appartement, après une longue discussion, je m'étais engagé à le placer tout en hauteur, avec d'autres bibelots auxquels nous n'étions pas particulièrement attachés. Sous prétexte de faire plaisir à ma femme, je l'avais poussé tout au fond, de façon à ce qu'il soit presque invisible d'en bas. En réalité je comptais qu'elle l'oublie peu à peu. Vanda ignorait qu'il suffisait d'appuyer d'un geste ferme au milieu d'une des faces pour qu'elle s'ouvre comme une porte, tout comme elle ignorait naturellement que c'était la raison pour laquelle je l'avais acheté : j'y mettais mes secrets à l'abri. J'ai constaté avec soulagement que, même s'il dépassait dangereusement, il était resté à sa place.

8

J'ai pris soin de fermer les portes séparant le séjour et le bureau de la chambre. Par les deux balcons grands ouverts pénétrait enfin une odeur fraîche de pluie et de basilic. Maintenant que Vanda dormait et que je ne me sentais plus tenu de la rassurer, l'angoisse a vite pris le dessus. Depuis quelque temps, la moindre inquiétude devient une obsession, elle se fiche dans mon crâne et prend des proportions gigantesques, impossible de la chasser. À cet instant, j'ai senti qu'arrivait le tour du type qui m'avait subtilisé les cent euros, de la fille qui m'en avait escroqué cinq. Tout à coup, j'ai pensé qu'ils pouvaient être de mèche, avoir organisé ensemble cette intrusion chez moi ou plus simplement vendu mon adresse aux voleurs. Cette hypothèse m'a semblé de plus en plus fondée et le couple qui, d'après Nadar, avait sonné à mon interphone a vite pris leurs traits. Je les ai imaginés mécontents de leur premier résultat et j'ai pensé qu'ils avaient peut-être déjà décidé d'envoyer d'autres voleurs plus habiles ou de revenir eux-mêmes. Je n'irai pas me coucher, me suis-je dit, je les attendrai de pied ferme.

Moi ? Les attendre ? Et pour les affronter comment, avec quelles forces, quelle détermination ? Depuis quelque temps, les années me pesaient. J'avais dû admettre que je risquais de ne voir qu'une marche là où il y en avait deux et de tomber, que mon ouïe était plus défectueuse que celle de Nadar, que je ne pouvais plus compter sur la réactivité immédiate de mon corps en cas d'urgence ou de danger, mais ce n'était pas tout. J'étais sûr et certain d'avoir, que sais-je, pris un médicament, fermé le gaz ou l'arrivée d'eau quand en réalité j'y avais seulement pensé. Je confondais un fragment de rêve remontant à Dieu sait quand avec un fait réel. Il m'arrivait de plus en plus souvent d'estropier les mots en lisant, au point que récemment j'avais éprouvé un vertige devant un avis écrit en majuscules et placardé sur une porte d'immeuble, qui semblait dire NOS SÉVICES SONT TRANSFÉRÉS AU 31 BIS alors qu'il s'agissait de NOS SERVICES SONT TRANSFÉRÉS AU 31 BIS. Quant aux événements de ces derniers jours, ils prouvaient que les autres mesuraient mieux que moi la baisse de mes défenses et en profitaient. Je me suis donc senti ridicule et me suis morigéné : tu es vieux, tu perds la boule, range trois bricoles et va te coucher.

Mais je ne savais pas par où commencer. J'ai examiné mon bureau, le séjour. Et décidé pour finir de rassembler dans l'entrée tout ce qu'il fallait jeter. J'ai vérifié l'état des deux ordinateurs, qui par miracle marchaient, alors que divers appareils pour écouter de la musique et voir des films se sont révélés inutilisables. J'ai balayé ce qui jonchait le sol à la lisière des deux pièces : livres, débris de vases et de bibelots, vieilles photos, vieilles cassettes vidéo, vinyles, un nombre impressionnant de blocs-notes de Vanda, des CD et des DVD, des papiers, des documents administratifs, des objets divers, bref ce que les voleurs avaient fait tomber de la mezzanine, des tiroirs, des rayonnages.

Ça n'a pas été sans mal, pour finir j'ai considéré avec satisfaction l'espace ainsi dégagé. Puisque j'y étais, j'ai décidé de commencer le tri dans mon bureau. Je me suis assis à même le sol, non sans quelques gémissements, et j'ai constitué des tas, d'un côté les débris, d'un autre les livres, ailleurs les papiers et ainsi de suite. Au début, ça avançait bien. Je souffrais de voir que bon nombre de volumes avaient la tranche cassée, la couverture arrachée ou perdaient leurs pages. Mais il fallait faire contre mauvaise fortune bon cœur, j'ai donc séparé les livres en bon état des livres abîmés. Toutefois j'ai commis l'erreur d'en feuilleter quelques-uns et de lire presque involontairement des passages que j'avais soulignés Dieu sait quand. Ils m'ont intrigué. Pourquoi avais-je entouré certains mots ? Quel motif m'avait poussé à tracer des points d'exclamation en marge d'un extrait qui, à le relire maintenant, me semblait insignifiant ? J'ai oublié que j'avais entrepris de remettre un peu d'ordre pour éviter que Vanda ne se décourage à son réveil, j'ai oublié que j'étais là parce que en réalité je n'avais pas sommeil, qu'il faisait chaud, que je ne me sentais pas en sécurité, que je craignais de voir revenir les voleurs qui nous menaceraient, nous attacheraient sur notre lit, nous frapperaient. J'ai été happé par mes soulignages. J'ai relu des pages entières, essayant de me souvenir en quelle année je m'étais plongé dans tel ou tel livre (1958, 1960, 1962, avant mon mariage, après ?), j'ai cherché non pas tant les points de vue exprimés par les auteurs – il s'agissait souvent de noms oubliés, de pages vieillies, de concepts bannis du débat intellectuel contemporain – que les miens : ce qui dans le passé m'avait semblé juste pour moi-même, ma conviction, ma pensée, ma personne en devenir.

À présent, le silence de la nuit était total. Naturellement, je ne me suis reconnu dans aucun de ces traits de crayon, aucun de ces points d'exclamation (quel chemin suivent les belles phrases qui entrent dans notre tête, comment nous animent-elles, comment perdent-elles leur sens, deviennent-elles méconnaissables, embarrassantes ou ridicules ?) et j'ai fini par abandonner les livres. J'ai classé dans des boîtes ou des dossiers les feuilles volantes petites et grandes où je consignais mes notes de lecture, les cahiers où j'avais écrit des romans et des nouvelles avant mes vingt ans et un gros paquet de coupures de presse : les articles que j'avais publiés et ceux qui parlaient de moi. J'ai ajouté à cette pile de papiers des bobines d'émissions de radio, des cassettes et des DVD où l'on me voyait à la télévision au temps de ma splendeur, une masse d'archives que Vanda avait stockées consciencieusement alors même qu'elle ne manifestait aucun intérêt particulier pour mes activités. J'ai récupéré ainsi un ensemble de témoignages sur la façon dont j'avais employé une vie assez longue. Étais-je ces documents ? Étais-je ces annotations dans les livres lus, étais-je ces feuilles remplies de titres et de citations (par exemple : « Nos villes sont les usines où on nous prépare; les familles, les écoles et les églises sont les abattoirs de nos enfants; les collèges et les universités sont des cuisines. Adultes, mariés et dans les affaires, nous mangeons le produit fini.» Ou encore: «L'apparition de l'amour est subversive par rapport à n'importe quel ordre socialement introduit dans nos vies.» Étais-je cet épais roman verbeux écrit à vingt ans où je racontais l'histoire d'un garçon obligé de travailler dur jour et nuit pour payer à son père le prix de son poids en or afin de se libérer de lui et de sa famille d'origine? Étais-je ces entrefilets sur la convention collective des ouvriers du secteur chimique que j'avais publiés au milieu des années soixante-dix, étais-je ces interventions sur l'essence du parti, étais-je ces comptes rendus de livres consacrés au travail à la chaîne, étais-je ces trouvailles amusantes sur la vie quotidienne dans les grandes villes – la circulation, les queues exaspérantes à la banque ou à la poste –, étais-je ces remarques ironiques qui m'avaient valu un début de notoriété et, au fil de mes passages à l'antenne, m'avaient métamorphosé en auteur de télé jouissant d'un certain succès, étais-je ces interviews mûrement réfléchies que j'avais accordées aux uns ou aux autres, étais-je cette critique négative de Machin ou celle positive de Bidule sur ma contribution à la télévision des années quatre-vingt et quatre-vingt-dix, étais-je mon corps en mouvement dans un faux coin de terrasse sous des projecteurs qui simulaient le plein jour, étais-je ma voix d'il y a trente ans, ouverte au dialogue, cordiale, fière ? Je me suis souvenu combien j'avais travaillé dur à partir des années soixante, combien il m'en avait coûté pour – selon l'expression – me réaliser. Était-elle là, ma réalisation ? Dans cette accumulation concrète au fil des décennies de feuilles manuscrites et imprimées, dans cette trace formée de surlignages, fiches, pages, journaux, disquettes, clés USB, disques durs, cloud ? Moi réalisé, rendu réel : à savoir un capharnaüm qui, partant de mon salon, pouvait s'étendre, si je m'aventurais à taper Aldo Minori dans un moteur de recherche, jusqu'aux archives de Google ?

Je me suis rappelé à l'ordre : assez lu ou feuilleté. J'ai recommencé à trier. J'ai rassemblé dans des boîtes en carton les innombrables blocs-notes de Vanda, ces suites de chiffres qui constituaient une minutieuse histoire économique de notre famille depuis 1962, pages à petits carreaux où elle consignait scrupuleusement les entrées et les sorties et que, si elle en était d'accord, il était peut-être temps de jeter. J'ai entassé au milieu de la pièce les livres dont je devais me débarrasser et remis les volumes en bon état au petit bonheur sur les étagères rescapées. J'ai posé sur la table les dossiers contenant les coupures de presse, les boîtes de cahiers, celles de cassettes vidéo et DVD. Les débris coupants que j'ai pu rassembler sont allés dans un sac-poubelle, qui s'est déchiré en plusieurs endroits et que j'ai doublé d'un autre. Puis je suis passé aux photos, où se retrouvaient mélangées époques lointaines et période récente.

Je n'avais pas regardé nos vieilles photos depuis longtemps, je les ai trouvées moches et sans intérêt. J'étais habitué désormais aux images numériques, nos ordinateurs à Vanda et moi en regorgeaient : une accumulation de montagnes, champs, papillons, roses en bouton ou à peine écloses, mers, villes, monuments, tableaux, sculptures, et puis la famille : ex-belles-filles et ex-gendres, nouveaux compagnons de nos enfants, petits-enfants immortalisés à chaque stade de leur croissance, plus leurs petits camarades. Bref, la vie documentée comme elle ne l'avait jamais été. Au présent et au passé composé : le passé simple, mieux valait ne pas y toucher.

J'ai évité de me regarder, je ne m'aimais pas vieux et ne me suis jamais aimé jeune. En revanche, j'ai jeté un coup d'œil sur Sandro et Anna petits. Qu'ils étaient beaux. J'ai revu leurs amours d'adolescence, des garçons et des filles sympathiques vite perdus de vue. J'ai retrouvé des amis de Vanda et moi que j'avais oubliés, des gens que nous avions fréquentés assidûment pour ensuite oublier jusqu'à leur nom ou les désigner hargneusement par leur nom de famille. Je me suis arrêté sur une photo prise dans notre cour, j'ignore par qui, peut-être par Sandro. Elle remontait à notre installation dans cet appartement. On nous voyait Vanda et moi avec Nadar qui à l'époque – ai-je calculé – avait sans doute entamé la soixantaine, mais semblait jeune, comparé à ce qu'il était maintenant. Comme on continue de changer même à un âge avancé, me suis-je dit en l'observant. Sur cette photo notre voisin était grand, avenant, avait encore des cheveux. J'allais ranger le cliché quand la vue de Vanda m'a frappé. Une fraction de seconde, j'ai eu l'impression tout à fait étonnante que je ne la connaissais pas. Quel âge avait-elle à cette époque ? Cinquante ans ? Quarante-cinq ? J'ai examiné d'autres photos d'elle, surtout en noir et blanc. L'impression de me trouver face à une étrangère s'est renforcée. Je l'avais rencontrée en 1960, j'avais vingt ans et elle vingt-deux. Il ne me restait pour ainsi dire rien de cette période. Impossible de me souvenir si je l'avais trouvée belle, à cette époque la beauté me semblait vulgaire. Disons qu'elle m'avait plu, je percevais sa grâce, je la désirais de façon judicieusement mesurée. C'était une fille très intelligente, attentionnée. J'étais tombé amoureux d'elle pour ces qualités et parce qu'il me semblait extraordinaire qu'une telle femme se soit éprise de moi. Deux ans plus tard nous étions mariés et elle était devenue l'organisatrice rigoureuse de notre quotidien. Un quotidien où études rimaient avec petits boulots, manque d'argent et parcimonie poussée à l'ascèse.

J'ai reconnu les marques de cette époque : elle portait des vêtements modestes qu'elle avait cousus elle-même, des chaussures éraflées aux talons usés et ses grands yeux n'étaient pas maquillés. Je n'ai en revanche pas reconnu sa jeunesse. Voici donc ce qui m'apparaissait comme étranger : sa jeunesse. Sur ces photos, Vanda rayonnait, ce dont – ai-je découvert – je ne conservais aucun souvenir, pas même une étincelle qui me permettrait de dire : oui, elle était ainsi. J'ai pensé à la personne qui dormait à présent dans notre chambre, la personne qui était ma femme depuis cinquante ans. Dans la vie, je ne l'avais pas connue telle qu'elle apparaissait sur ces clichés. Pourquoi ? L'avais-je regardée distraitement dès notre première rencontre ? À quelle part d'elle avais-je été aveugle, inattentif ? J'ai récupéré toutes les photos d'elle entre 1960 et 1974. Je me suis arrêté à cette date, significative pour nous : il n'y en avait pas beaucoup, on se photographiait peu à l'époque. Elles témoignaient d'une femme qui jusqu'à quarante ans encore était attirante, peut-être même belle. J'ai examiné une photo en couleur aux teintes rougeâtres, dont le verso portait au crayon la date 1973. On y voyait Vanda avec Sandro, qui à l'époque avait huit ans, et Anna, qui en avait quatre. Les enfants semblaient heureux, blottis contre leur mère qui elle aussi semblait contente, et tous les trois me regardaient d'un air amusé pendant que je les photographiais. Leur regard joyeux était la trace de ma présence, la preuve que j'étais là moi aussi à cet instant. Pourtant il m'avait fallu arriver à aujourd'hui pour m'apercevoir que ma femme transpirait une joie de vivre qui la rendait éblouissante. J'ai vite enfermé les photos dans deux ou trois boîtes métalliques. Tout ceci perdu par distraction. Je n'avais donc jamais accordé de véritable attention à Vanda ? Du reste quel sens avait cette question, maintenant que je ne pouvais rien vérifier ? Dans la chambre, seuls ses iris verts sous ses paupières lourdes étaient les mêmes qu'il y a cinq décennies.

Je me suis relevé, j'ai regardé ma montre. Il était trois heures dix, on n'entendait que des chants d'oiseaux nocturnes. J'ai fermé la fenêtre, baissé les stores, contemplé à nouveau mon bureau. Il restait du travail, mais c'était déjà mieux. J'allais me diriger vers la chambre quand j'ai repéré un gros débris de vase qui m'avait échappé. Je l'ai ramassé et j'ai trouvé dessous une enveloppe jaune, bien gonflée et retenue par un élastique. Je l'ai reconnue tout de suite, même si je n'y pensais plus depuis des décennies, même si je l'avais reléguée dans un endroit improbable, justement pour ne plus y penser. Elle contenait les lettres que Vanda m'avait écrites entre 1974 et 1978.

J'ai éprouvé de la contrariété, de l'embarras, de la peine et envisagé de remettre l'enveloppe dans sa cachette avant que ma femme ne se réveille. Ou de la joindre aux papiers à éliminer et de les porter sur-le-champ à la benne. Ces lettres gardaient la trace d'une douleur si forte que si on la libérait elle traverserait la pièce, envahirait le séjour, franchirait les portes fermées et s'emparerait de Vanda, la secouant, la tirant de son sommeil, la poussant à crier ou à chanter à tue-tête. Mais je n'ai pas caché l'enveloppe et ne l'ai pas jetée à la poubelle. Comme écrasé par un poids qui tout à coup revenait peser sur mes épaules, je me suis rassis par terre. J'ai enlevé l'élastique et quelque quarante ans plus tard, j'ai relu, mais dans le désordre, certains de ces feuillets vieillis, dix lignes par-ci, quinze lignes par-là.

Chapitre 2

1

Au cas où tu l'aurais oublié, mon cher, je te le rappelle : je suis ta femme. Ce sont les premiers mots qui ont accroché mon regard cette nuit-là, et ils m'ont aussitôt ramené à l'époque où j'avais quitté la maison parce que j'étais tombé amoureux d'une autre femme. La date figurait en haut de la lettre : 30 avril 1974. Voilà bien longtemps. Un matin tiède, à Naples, dans notre modeste appartement de l'époque. Amoureux. C'est peut-être ce que j'aurais dû dire : Vanda, je suis tombé amoureux. Mais je m'étais exprimé de façon plus brutale et toutefois, si j'y repense désormais, moins définitive.

La maison était vide des ombres turbulentes de nos enfants, tous deux à l'école, Anna allant déjà à la maternelle. J'avais dit : Vanda, il faut que je t'avoue quelque chose, j'ai couché avec une autre femme. Elle m'avait regardé effarée, et moi-même j'eus peur à ces mots. Je murmurai : j'aurais pu te le cacher, mais j'ai préféré te dire la vérité. Et j'ajoutai : je regrette, c'est arrivé, il est mesquin de réprimer ses désirs.

Vanda m'insulta, pleura, tambourina sur ma poitrine de ses poings, laissa éclater sa colère. Certes, j'avais tenu pour acquis qu'elle ne le prendrait pas bien, mais la violence de sa réaction me surprit. Elle avait plutôt bon caractère et le sens de la mesure, par conséquent il me fut difficile d'admettre qu'elle ne se calmerait pas aisément. Elle se fichait que l'institution du mariage soit en crise, la famille sur la fin, la fidélité une valeur petite-bourgeoise. Elle voulait que notre mariage constitue une miraculeuse exception. Elle voulait que notre famille jouisse d'une bonne santé. Elle voulait que nous restions fidèles pour toujours l'un à l'autre. En vertu de quoi elle se laissa aller au désespoir, prétendit que je lui révèle sur-le-champ le nom de la femme avec qui je l'avais trompée. Trompée, oui, cria-t-elle entre ses larmes, et humiliée.

Dans la soirée, en choisissant mes mots avec soin, j'essayai de lui expliquer qu'il ne s'agissait pas de trahison, que je la tenais en grande estime, que la vraie trahison consiste à tromper son instinct, ses besoins, son corps, soi-même. Arrête ton baratin, cria-t-elle, se retenant aussitôt pour ne pas réveiller les enfants. On se disputa toute la nuit à voix basse, et sa douleur silencieuse, une douleur qui agrandissait ses yeux et tordait ses traits, me terrorisa plus que ses cris. Elle me terrorisa, mais ne me toucha pas, son tourment n'entra jamais dans ma poitrine comme s'il était le mien. Un état d'ivresse m'enveloppait comme une combinaison ignifuge. Je fis machine arrière, décidai de gagner du temps. Je déclarai qu'il me semblait important qu'elle comprenne, arguai que nous avions besoin tous les deux de réfléchir, affirmai que j'étais désorienté et qu'elle devait m'aider. Puis sans prévenir je disparus pendant plusieurs jours.

2

J'ignore ce que j'avais en tête, peut-être rien de précis. En tout cas, je ne détestais pas ma femme, je ne nourrissais aucune rancœur à son égard, je l'aimais. J'avais vécu comme une belle aventure de me marier très jeune, sans avoir terminé mes études ni trouvé de travail. J'avais eu l'impression de me libérer de l'autorité de mon père et de prendre enfin mon existence en main. Certes l'entreprise était risquée, les sources de revenus sur lesquelles je pouvais compter des plus précaires, parfois la peur m'envahissait. Mais les premières années avaient été belles, nous nous étions sentis un couple d'un genre nouveau, en lutte contre les règles établies. Puis l'aventure s'était peu à peu muée en habitudes imposées par les besoins des enfants. Et surtout le décor dans lequel je jouais mon rôle de mari et de père avait soudainement changé. Voilà que notre environnement entier semblait frappé de déclin, une peste se déclarait dans toutes les institutions, en premier lieu l'université où je donnais mes premiers cours sans la moindre perspective. Être marié, avoir une famille très jeune n'était plus un signe d'autonomie, mais d'arriération. À moins de trente ans, je me sentais vieux et partie prenante – malgré moi – d'un monde, d'un style que le milieu culturel et politique où j'évoluais considérait comme finissant. De sorte qu'en dépit d'une relation solide avec ma femme et mes deux enfants j'avais vite été fasciné par les modes de vie qui excluaient par principe tous les liens traditionnels. Un jour, avec l'excuse que mon annulaire avait grossi, j'avais fait scier mon alliance. Vanda l'avait mal pris, attendant que je m'arrange pour pouvoir la remettre. Je n'en fis rien. Pour sa part, elle avait continué à porter la sienne.

Il est probable que ce climat ait encouragé ma relation avec Lidia – qui venait de s'inscrire à la fac d'économie comme le voulait l'époque, tandis que j'étais un petit assistant de grammaire grecque sans avenir –, qu'il l'ait nourrie. Assurément, renoncer à elle pour ménager ma femme et mes enfants avait dû me sembler une sorte d'anachronisme. De même que nous voir en cachette, vivre des amours clandestines, me parut contraire à l'esprit de l'époque. À vingt ans, Lidia avait déjà un travail et un logement dans une jolie rue qui sentait bon. Sonner à son interphone chaque fois que je le pouvais, me promener avec elle, aller ensemble au cinéma ou au théâtre, tout ceci s'imposa comme une urgence qui presque tout de suite me poussa à en parler à Vanda. Mais je ne pensais pas que le désir s'enracinerait, que je voudrais cette fille encore et encore. Au contraire, j'étais à peu près sûr que mes élans pour elle retomberaient vite, que Lidia elle-même se déroberait et retournerait avec le garçon qu'elle fréquentait depuis quelques mois ou en trouverait un autre de son âge, libre et sans enfants. Par conséquent, en révélant ma relation à Vanda, je visais seulement à me donner le temps de la vivre à mon aise, sans subterfuge, jusqu'au bout. Bref, quand j'avais quitté le domicile conjugal après ce premier heurt, je ne doutais pas le moins du monde d'y revenir bientôt. Je me disais : cette parenthèse sert *aussi* de base nouvelle à ma relation avec ma femme, elle sanctionne qu'il nous faut dépasser le modèle de cohabitation qui a été le nôtre jusqu'à présent. Et c'est peut-être la raison pour laquelle je lui avais dit *j'ai couché avec une autre femme*, et pas *je suis amoureux d'une autre femme.*

À cette époque, tomber amoureux faisait figure de notion un peu ridicule, de survivance du XIXe siècle, et semblait le signal d'une dangereuse tendance à coller l'autre, qu'il fallait combattre à ses premières manifestations pour ne pas angoisser son partenaire. Tandis que coucher avec une autre femme devenait de plus en plus légitime, qu'on soit marié ou pas. *J'avais couché avec une autre, je couchais avec une autre, je couche avec une autre* étaient des phrases qui exprimaient une liberté, pas une faute. Certes, je me rendais compte qu'à l'oreille d'une épouse cette formule pouvait résonner de façon atroce, surtout à celle de Vanda qui, comme moi, avait grandi dans l'idée que *d'abord* on tombe amoureux de quelqu'un et *ensuite* on couche avec. Mais – pensais-je – il faut qu'elle accepte que ça peut arriver, que c'est arrivé et que peut-être, quand je reviendrai sous le toit familial, ça arrivera encore. Et dans cette optique – l'espoir que Vanda comprenne, s'adapte aux temps nouveaux et m'épargne d'autres scènes –, je vécus une période heureuse, de plus en plus heureuse avec Lidia.

Je m'aperçus tardivement qu'il ne s'agissait pas d'une simple liaison, d'un épisode dans la bataille contre le concept même d'adultère, d'une allègre amitié érotique, d'une des nombreuses pratiques libératrices qui jetaient les fondements d'un monde nouveau. J'aimais cette fille. Je l'aimais de la manière la plus arriérée, c'est-à-dire de façon absolue. L'idée de m'éloigner d'elle, de revenir vivre avec ma femme et mes enfants, de la laisser à d'autres, m'ôtait le goût de vivre.

3

Je mis un an à me l'avouer, et encore à reculons. En revanche, je n'eus jamais la force de le reconnaître devant Vanda, ce qui me rendit encore plus responsable de l'usure de ses nerfs. Sur le moment, le fait que j'aie couché avec une autre femme lui avait semblé terrible. Puis, le coup encaissé dans la mesure du possible, elle essaya de prendre la chose comme une faiblesse momentanée, due à ma maigre expérience en matière de femmes, et donc à ma curiosité sexuelle. Elle espéra que la fièvre retombe au bout de quelques jours et entreprit de me soigner, par oral et par écrit. Elle était sous le choc. Il lui semblait incroyable d'avoir été évincée – elle qui m'avait placé au centre de sa vie, dormait avec moi depuis des années, m'avait donné deux enfants et s'occupait depuis toujours de tous mes besoins d'une façon irréprochable – par une inconnue qui jamais ne pourrait prendre soin de moi avec le même dévouement.

À chacune de nos rencontres – souvent après des absences prolongées de ma part –, elle essayait d'exposer avec calme, de façon claire, tous les points auxquels elle avait réfléchi. On s'asseyait à la table de la cuisine et Vanda s'évertuait à énumérer les problèmes pratiques causés par mes disparitions répétées, le besoin que les enfants avaient de moi, les raisons de son désarroi. Le ton était en général poli, mais il s'altéra un matin.

« Ai-je commis des erreurs ? me demanda-t-elle.

— En aucun cas.

— Alors qu'est-ce qui ne va pas ?

— Rien, c'est juste une période compliquée.

— Elle te semble compliquée parce que tu n'arrives pas à me voir.

— Si, je te vois.

— Non, tu vois quelqu'un qui trime aux fourneaux, fait le ménage, s'occupe des enfants. Mais je ne suis pas que ça, j'existe. »

J'existe, j'existe, j'existe, cria-t-elle, et il lui fallut un gros effort pour se radoucir. C'étaient des heures longues et pénibles. Dans cette phase, elle essayait de me prouver qu'elle n'était pas restée figée depuis dix ans, qu'elle avait mûri, qu'elle était une femme nouvelle. En parlant, elle se tordait les mains pour contenir la panique : ce n'est pas possible, disait-elle, que toi seul ne l'aies pas remarqué ! Et si, incapable de répondre, je tentais une digression en lui exposant les turpitudes de la famille et la nécessité de s'en libérer, elle venait sur mon terrain, me prouvait avec une aménité factice qu'elle connaissait bien les livres que je lisais, qu'elle aussi travaillait depuis longtemps à sa libération, qu'un tel travail pouvait et devait se faire à deux. Puis à un certain stade – parce que je portais écrit sur mon visage que je n'avais qu'une envie, c'était de m'en aller afin de protéger mon état de grâce contre son existence même, sa douleur et l'angoisse que le spectacle de cette douleur provoquait en moi –, l'aménité disparut, la physionomie de nos rencontres changea. Vanda commençait sur un ton ironique, avant de recourir aux cris, aux larmes, aux insultes. Un jour, elle avait hurlé de but en blanc :

« Je t'ennuie ? Dis-le que je t'ennuie.

— Non.

— Alors pourquoi tu regardes l'heure sans arrêt, tu es pressé, tu as peur de rater le train ?

— Je suis en voiture.

— La sienne ?

— Oui.

— Elle t'attend ? Vous faites quoi ce soir, vous sortez au restaurant ? »

Elle avait éclaté de rire sans raison et s'était réfugiée dans la chambre en chantant à tue-tête de vieilles comptines pour enfants.

Au bout d'un moment elle s'était ressaisie, bien sûr, elle se ressaisissait toujours. Mais je sentais que chaque fois elle avait perdu une part d'elle-même qui m'avait attiré dans le passé. Elle n'avait jamais été comme ça, par ma faute elle perdait pied. Et pourtant je recevais son effondrement comme une autorisation à prendre encore plus mes distances. Pourquoi doit-il être si difficile – me disais-je – de s'octroyer un peu de liberté ? Pourquoi sommes-nous un pays si arriéré ? Pourquoi des nations plus évoluées s'épargnent-elles ces drames ?

Il y eut ce jour où, en fin d'après-midi par grosse chaleur, le moment de mon départ approchait. Vanda courut à la porte et la ferma à clé. Elle appela Sandro et Anna, leur annonça : papa se sent en prison, alors on va jouer qu'il est prisonnier pour de vrai. Les enfants firent semblant de s'amuser, moi aussi, pas elle, elle murmurait : ah ah, tu ne risques plus de sortir. Puis elle me jeta le trousseau de clés et s'enferma dans la salle de bains. Je n'osai pas partir et envoyai

Sandro la chercher. Elle réapparut et déclara : je plaisantais. Mais elle ne plaisantait pas du tout. Elle était fatiguée, ne dormait plus, se creusait la tête pour me ramener à la raison. Comme elle n'y arrivait pas, elle essayait alternativement de m'apitoyer, me mettre en colère, me supplier, m'effrayer. Tu ne dois pas me retenir de cette façon, lui disais-je. Elle me répondait, indignée : parce que je te retiens, peut-être ? Va-t'en. Mais deux minutes plus tard, elle murmurait : attends, assieds-toi, tes folies me rendent folle.

Ce qui l'exaspérait et l'usait, c'était mon refus de lui expliquer le pourquoi. Elle me le disait, me l'écrivait : *pourquoi.* Mais j'étais incapable de le dire, j'inventais des réponses alambiquées, murmurais parfois : je ne sais pas. Je mentais, naturellement, je connaissais la raison, et de mieux en mieux. Le temps avec Lidia était un temps joyeux, léger, dont je redemandais toujours. Je me sentais plein d'énergie, j'écrivais, je publiais, je plaisais, comme si le marécage intérieur que je traînais depuis l'enfance, inchangé jusqu'à une date récente, avait soudain été asséché par cette jeune femme élégante qui s'habillait en couleur. Le mois d'avril, nos débuts, avait été merveilleux : dormir avec elle au printemps, manger avec elle au printemps, me promener avec elle au printemps, voyager avec elle au printemps. Et la regarder, totalement fasciné, tandis qu'elle enfilait ou ôtait ses vêtements printaniers. J'avais pensé : je rentrerai à la maison fin mai. Mais le printemps avait filé jusqu'au dernier jour du calendrier et j'avais cru mourir. Alors je m'étais dit : attendons l'été, je veux avoir Lidia encore tout l'été. Mais l'été aussi avait touché à sa fin, et il m'avait été impossible d'envisager l'automne sans elle. L'automne à son tour s'était enfui, et l'hiver ; et pendant toute cette année, malgré mes visites à ma femme et aux enfants, seule Lidia avait compté, Lidia au printemps, Lidia en été, Lidia en automne, Lidia en hiver. Bref, le temps désiré lui appartenait, tandis que je redoutais celui passé avec Vanda, avec Sandro et Anna, je le repoussais, le réduisais au minimum sous des prétextes variés. En leur présence, je me protégeais par le mensonge, nécessaire pour préserver l'extraordinaire impression de santé qui m'avait envahi. Dans ces moments, je me sentais humilié aussi bien par mon incapacité à être sincère, que par la vérité insupportable du désespoir de ma femme, du désarroi de mes enfants. Pour laisser apparaître ce que j'étais, dire vraiment *pourquoi* je me comportais ainsi, j'aurais dû parler de mon bonheur avec Lidia. Mais qu'y aurait-il eu de plus cruel ? Vanda voulait autre chose. Pour sortir du désespoir, Vanda exigeait que je lui dise : je comprends mon erreur, recommençons. L'impasse était là.

4

On ne s'en sortit ni cette année-là ni la suivante. Ma femme s'étiola, usa sa vitalité en pure perte, se maîtrisa de moins en moins. Elle était désormais comme suspendue dans le vide, et la panique contribuait largement à lui ôter ses dernières forces.

Au début, je crus que la mauvaise passe où nous nous retrouvions ne concernait que nous deux, pas Sandro et Anna. En effet, si je convoque le souvenir de nos enfants, ce sont des silhouettes floues, alors qu'en dépit du temps passé nous sommes nets, assis dans la cuisine, discutant et nous disputant. Quand j'y repense, Sandro et Anna ne sont pas là ou, s'ils y sont, s'occupent à autre chose, jouent, regardent la télévision. Notre crise, l'angoisse qui nous dévore sont ailleurs et ne les touchent pas. Mais le moment vint où les choses changèrent. Au cours d'une scène, Vanda cria que je devais dire si je voulais m'occuper encore des enfants ou si je comptais me débarrasser d'eux comme je me débarrassais d'elle. Je tombai des nues. Bien sûr que je veux m'occuper d'eux, répondis-je. Elle murmura : c'est bon à savoir, et s'en tint là. Mais quand elle s'aperçut que le temps avait beau passer, mes très courtes présences étaient toujours entrecoupées de longues disparitions, elle me signifia que si je refusais de lui rendre des comptes, j'en devais en revanche aux enfants : comment pensais-je me justifier ?

Je n'y avais pas réfléchi. Avant ce naufrage, les enfants constituaient une donnée de fait de l'existence. Ils étaient venus, et maintenant ils étaient là. Pendant mon temps libre, je jouais avec eux, les emmenais en promenade, leur inventais des histoires, les complimentais, les grondais. Mais en général, après les avoir suffisamment amusés ou réprimandés avec une autorité bienveillante, je retournais à mes chères études, ma femme usait d'une grande imagination pour les distraire tout en se livrant aux travaux ménagers. Je n'avais jamais rien vu de déplacé dans ce fonctionnement, et Vanda elle-même ne s'en était jamais plainte, pas même quand nous avait frappés la vague de – mot affreux – la désinstitutionnalisation générale. Nous avions tous deux grandi avec l'idée qu'une certaine façon de vivre s'inscrivait dans l'ordre naturel des choses. Il était naturel que notre mariage dure jusqu'à ce que la mort nous sépare. Naturel que ma femme n'ait pas d'autre travail que les tâches domestiques. Et même maintenant que tout paraissait changer – on parlait de phase prérévolutionnaire –, il était inconcevable qu'une mère ne s'occupe plus des enfants. Or voilà que Vanda pointait le problème et s'informait de mes intentions. Une fois de plus, je fus pris au dépourvu. Nous étions en ville, piazza Municipio. Elle s'arrêta et planta ses yeux dans les miens :

« Veux-tu continuer à jouer ton rôle de père ?

— Oui.

— Comment ? En te montrant une fois par-ci par-là, histoire de retourner le couteau dans la plaie, avant de disparaître pendant des mois ? En faisant exister les enfants sur commande, juste quand ça t'arrange ?

— Je viendrai les voir tous les week-ends.

— Ah, *tu viendras les voir.* Tu veux dire qu'ils restent avec moi ? »

Je perdis mon assurance et balbutiai :

« C'est-à-dire, je peux *aussi* les garder un peu.

— Aussi ? Aussi ? cria-t-elle. Je les garde *tout le temps* et toi, tu les gardes *aussi* ? Tu veux les démolir comme tu es en train de me démolir ? Les enfants n'ont pas besoin *aussi* de leurs parents, ils en ont besoin *tout le temps.* »

Et elle tourna les talons, me laissant en plan à quelques mètres de l'hôtel de ville.

Je m'imposais de rentrer à Naples tous les week-ends. Je partais de Rome et me rendais à l'adresse qui était la nôtre depuis douze ans. Je comptais bien éviter les scènes avec Vanda – je n'en pouvais plus, elle aussi tremblait, allumant cigarette sur cigarette d'une main mal assurée, avec le regard de quelqu'un qui se sent acculé –, j'avais prévu de fuir sa présence et de m'enfermer dans une pièce avec les enfants. Je découvris vite que c'était impossible. Alors que rien n'avait changé dans la disposition de l'appartement, ni mes enfants ni moi ne savions rester ensemble avec la désinvolture d'autrefois. Tout était devenu artificiel. Je me sentais tenu d'être heureux pendant ces instants vécus ensemble et eux – différents depuis qu'ils me lançaient des coups d'œil anxieux, guettaient ce que leur mère et moi faisions et disions, redoutaient de commettre un impair, de me fâcher et donc de me perdre pour toujours –, eux aussi ressentaient la même obligation de bonheur. Mais alors que nous le souhaitions de toutes nos forces – père comme enfants –, nous n'arrivions en aucune façon à nous comporter avec naturel. Vanda était dans la pièce voisine et nous étions incapables de l'oublier : elle faisait tellement partie intégrante de nous, que tous nos efforts pour nous isoler se révélaient inutiles. Elle nous laissait seuls longtemps, rien à dire, elle ne s'interposait pas. Mais nous l'entendions vaquer dans la maison ou chantonner nerveusement. Nous aurions dû l'ignorer, apprendre à fonctionner à trois, à nous organiser en dehors de l'ancien quatuor. Mais, percevant sa présence comme une menace – non qu'elle voulût nous nuire, non, le danger c'était sa douleur –, nous en étions incapables et sentions qu'aucun de nos gestes, aucune de nos paroles ne lui échappait, que le moindre grincement de chaise ou de table lui était une souffrance. Dans ces conditions, le temps s'allongeait dans des proportions insupportables, le soir n'en finissait pas d'arriver. Au bout d'un moment, je ne savais plus quoi inventer. Je m'évadais, pensais à Lidia. On était samedi. Elle était peut-être allée au cinéma avec des amis, ou ailleurs. Je projetais d'annoncer : je descends acheter des cigarettes, et j'aurais cherché une cabine téléphonique pour l'appeler avant qu'elle ne sorte et que l'appareil ne sonne en vain, créant chez moi un sentiment d'abandon. Vanda semblait dotée d'antennes pour détecter mes distractions. Elle passait à l'improviste son nez par la porte entrebâillée, lisait l'absence sur mon visage, devinait qu'il m'en coûtait de rester avec les enfants. En temps normal, je ne leur avais jamais consacré autant de temps. Jamais ainsi en tout cas, comme s'il s'agissait de passer un examen que ma femme, leur mère, avait autorité pour noter.

Parfois, elle ne pouvait pas s'empêcher d'intervenir :

« Comment ça va ?

— Bien.

— Vous ne jouez pas ?

— Si.

— À quoi ?

— À la bataille.

— Les enfants, laissez votre père gagner, sinon il va bouder. »

Rien ne lui allait. Elle trouvait à redire parce que j'allumais la télé, me critiquait parce que je proposais des jeux violents, me signalant d'un ton sarcastique que j'excitais trop les enfants, qui ensuite n'arrivaient pas à s'endormir. La tension devenait intolérable, nous finissions par crier devant Sandro et Anna. Nous ne nous cachions plus pour faire des scènes, Vanda était convaincue désormais que les enfants devaient savoir, évaluer, juger.

« Parle moins fort, s'il te plaît.

— Pourquoi ? Tu as peur qu'ils sachent qui tu es vraiment ?

— Mais non.

— Tu veux faire avec eux comme tu as fait avec moi ? Il faut qu'ils croient que tu les aimes alors que ce n'est pas vrai ?

— Je t'ai toujours aimée et je t'aime encore.

— Arrête de mentir. Arrête, je ne le supporte plus. Pas devant les enfants. Si tu dois mentir, va-t'en. »

Sandro et Anna avaient vite compris que chacune de mes apparitions engendrerait une douleur aveugle chez leur mère. De sorte que si, au début, ils m'attendaient pour le plaisir de me revoir en souhaitant que je reste et ne reparte plus, par la suite ils firent semblant de se concentrer sur leurs jeux ou la télé, en espérant que je m'en aille avant que l'orage n'éclate. Du reste, je tendais moi-même à écourter mes visites, à déguerpir dès que je sentais Vanda à bout de résistance. Un jour, j'avais apporté des cadeaux aux enfants, un pull à Sandro et un collier fantaisie à Anna. Voyant sa fille contente, elle demanda :

« C'est toi qui les as achetés ?

— Oui, qui veux-tu que ce soit ?

— Lidia.

— Qu'est-ce que tu racontes ?

— Tu as rougi, c'est elle.

— Ce n'est pas vrai.

— Tu as besoin qu'on t'aide à choisir les cadeaux de tes enfants ? Ne te risque plus jamais à leur donner quoi que ce soit venant d'elle. »

En effet, c'était Lidia qui y avait pensé, mais il ne s'agissait pas de ça. À cette période, les scènes de

Vanda servaient un autre but. Elle voulait prouver – pas seulement à moi, mais surtout à elle-même – que je ne savais ni ne pouvais être père en dehors de sa présence, qu'en l'excluant, elle, je m'excluais, moi, que sans réconciliation entre nous la vie – c'est-à-dire la façon dont nous avions vécu jusqu'au moment où je lui avais avoué mon infidélité – n'était plus possible.

Il ne me fallut pas plus longtemps pour reconnaître le bien-fondé de cette thèse. Me présenter tous les samedis et les dimanches devant Sandro et Anna qui m'accueillaient lavés et peignés comme pour recevoir un étranger, sentir l'affection des premières minutes se doubler d'une tension trop forte pour moi et pour eux me sembla non seulement inutile, mais dangereux. À partir du moment où ma présence dans cette maison n'était pas définitive – même si elle visait à garder une apparence de continuité à mon rôle paternel –, elle se révélait boiteuse. Quoi que je dise ou fasse, pour Vanda c'était insuffisant. Elle me démontrait point par point – avec la logique rigoureuse dont elle avait toujours fait preuve et qui s'exprimait maintenant avec plus de force – que je n'apportais pas les réponses adéquates aux questions muettes de nos enfants, que je décevais leurs attentes.

« Quelles attentes ? lui demandai-je un matin, plus alarmé que jamais.

— Comprendre, cria-t-elle d'une voix qui se brisa dans sa poitrine et sembla l'étouffer. Comprendre pourquoi tu es allé vivre ailleurs, pourquoi tu les as abandonnés, pourquoi tu ne restes avec eux que quelques heures comme si on t'y forçait, pour partir ensuite en oubliant d'indiquer quand tu reviendras, quand tu te consacreras à eux comme ils le méritent. »

Je lui donnai raison, d'abord pour la calmer, et aussi parce que je manquais d'arguments. Quel père étais-je, quel père pouvais-je être dans cette maison où pendant des années nous avions nourri la certitude absolue qu'elle serait pour toujours la nôtre à tous les quatre ? Son architecture s'était imprégnée de notre façon de vivre ensemble, réservant un endroit à chaque fonction. Les pièces avaient beau être ternes, froides en hiver, étouffantes en été, jamais lumineuses, elles s'étaient prêtées à des habitudes affectueuses, où les pics d'allégresse n'étaient pas rares. Il me sembla impossible d'habiter la maison quelques heures par semaine comme le voulait notre nouvelle situation. Ainsi un jour, au plus fort de l'inévitable dispute, j'annonçai à Vanda :

« Ce sont les vacances scolaires, je vais garder un peu les enfants avec moi.

— Avec toi, comment ?

— Avec moi.

— Tu veux me les enlever ?

— Mais non, que dis-tu.

— Tu veux me les enlever », répéta-t-elle d'un air sombre.

Elle finit par accepter, mais donna son consentement sur un ton dramatique, comme s'il s'agissait d'une expérience ultime et définitive, au terme de laquelle elle comprendrait ce que j'avais réellement en tête.

5

J'emmenai les enfants à Rome un dimanche d'été, ils semblaient contents. Mais ce fut une décision absurde. Je n'avais pas de domicile – je ne pouvais pas me le permettre – et d'un autre côté je ne me voyais pas les recevoir chez Lidia. Comme d'habitude, les raisons étaient difficiles à démêler. Je pressentais que si elle nous hébergeait tous les trois dans son studio et que Vanda l'apprenne, cette dernière verrait dans mon choix une manière de l'effacer, comme si on lui disait : débarrasse le plancher, tu n'es plus bonne à rien ni comme épouse ni comme mère. Sachant qu'elle obéissait à une logique de plus en plus étroite qui ne lui permettait pas de composer, je craignais que sa foi aveugle dans les liens de cause à effet puisse la pousser – d'ailleurs elle la poussait déjà chaque jour, le corps plus affaibli et l'esprit plus aiguisé – à des excès que je ne voulais même pas imaginer. Mais sa réaction n'était pas mon seul motif d'inquiétude. Côtoyer Lidia dans son appartement baigné de lumière sous les yeux des enfants, au petit-déjeuner, au déjeuner, au dîner, dans son lit, me semblait odieux. En gros, c'était dire à Sandro et à Anna : les enfants, regardez cette jeune femme, vous voyez ses bonnes manières, comme elle est calme, vous voyez comme on est bien avec elle ; c'est ici que je vis, ça vous plaît ? Et j'avais l'intuition que de cette façon je leur imposerais par amour pour moi une cohabitation qui – surtout s'ils reconnaissaient que Lidia était vraiment une personne agréable – blesserait leur amour pour leur mère. Mais ce n'était pas tout. Je rechignais à me montrer dans mon rôle de père. Il me semblait inacceptable de vivre avec Lidia et les deux enfants pendant des jours, d'envahir son espace exigu où nous apporterions notre désordre, de lui offrir le spectacle de mes responsabilités et de l'obliger à les partager quand moi-même, jusqu'à une date récente, je ne m'étais pas aperçu – grâce aux efforts de Vanda – qu'il m'en revenait d'aussi lourdes. Je ne voulais pas lui montrer qui j'étais concrètement : un homme de trente-six ans à la trajectoire bien définie, marié et père de deux enfants de onze et sept ans. Dans ce lieu enchanté, je ne voulais même pas me montrer à moi-même sous ce jour. Je m'y sentais un amant affranchi, qui ne brise pas ses chaînes pour s'en donner aussitôt de nouvelles. J'inaugurais une forme nouvelle de la relation amoureuse et n'entendais pas être celui qui introduit l'héritage de sa grisaille passée chez une jeune femme qui avait l'avenir devant elle.

Je me fis héberger par un ami. Ne sachant pas du tout m'occuper d'enfants, je m'en remis vite à la femme de mon ami. L'un et l'autre avaient pris mon parti et m'épaulaient. Tout en formant un couple heureux, marié dans les règles depuis cinq ans, ils affirmaient qu'on ne peut ni ne doit résister à ses pulsions, que je faisais bien de vivre cette passion et que je ne devais plus me sentir coupable. Un soir, les enfants endormis, les deux conjoints trouvèrent judicieux de me faire la semonce, parce que je ne jugeais jamais Vanda.

« Pourquoi devrais-je la juger ?

— Parce qu'elle exagère, on ne se comporte pas comme ça, dit mon ami.

— Je lui fais beaucoup de mal, elle réagit comme elle peut.

— Elle réagit de façon odieuse, s'exclama sa femme.

— Difficile de souffrir en restant aimable.

— D'autres y arrivent, dans certains cas la dignité est tout.

— Il faut croire que les personnes que tu connais ne souffrent pas autant que Vanda. »

Je la défendis avec sincérité, mais selon eux, le plus digne et le plus aimable, c'était moi. Ainsi, quand Sandro et Anna allaient se coucher et que j'étais sûr qu'ils dormaient, je les confiais à l'affectueuse surveillance de mes hôtes pour voler auprès de Lidia. Toutes les heures que je passais avec elle, depuis le début de notre relation, me surprenaient. Elles échappaient à la pauvreté de notre ordinaire à Vanda et moi. Lidia avait été habituée à soigner sa qualité de vie, c'était naturel chez elle. Elle avait le goût du confort et du plaisir, ne regardait pas à la dépense pour m'accueillir de façon festive et me donnait le peu d'argent qu'elle avait si j'étais dans une mauvaise passe : elle vivait notre situation compliquée sans se soucier de l'avenir. J'étais heureux quand elle m'ouvrait sa porte et que je trouvais la table dressée pour un plantureux dîner tardif et malheureux quand je devais quitter son lit avant l'aube. Je revenais auprès de mes enfants à cinq heures et demie du matin en espérant qu'ils ne s'étaient pas réveillés. Je tournais en rond dans la maison, incapable de dormir, dévoré par la culpabilité. Souvent je m'asseyais au chevet de Sandro et d'Anna et les regardais, essayant de les absorber, de les sentir indispensables. Je les réveillais deux heures plus tard, attendais qu'ils aient pris leur petit-déjeuner et fait leur toilette, puis, mon ami et sa femme ayant leurs occupations, je les emmenais sur mon lieu de travail.

Jamais Sandro et Anna ne protestèrent. Ils me surveillaient, obéissants, cherchant à leur façon non seulement à ne pas me peser, mais à me donner une raison d'être fier devant mes collègues et mes étudiants. Il ne se passa pas longtemps toutefois avant que je renonce et m'empresse de les restituer à Vanda.

« Déjà, me dit-elle d'un ton sarcastique, voilà toute ta paternité ? »

J'eus du mal à m'expliquer. Je finis par bafouiller qu'il m'était difficile de répondre aux différents besoins de nos enfants comme elle l'avait toujours fait. Elle se méprit, crut que je voulais revenir vivre en famille. Son visage s'éclaira, elle parla du nouvel équilibre à quatre que nous allions devoir trouver. Je secouai la tête :

« Il faut que je me réorganise. »

En une fraction de seconde, Vanda lut dans mes yeux la force que je tirais de mon bien-être sans elle et comprit que rien ne me retiendrait, pas même les enfants. Je perçus un instant toute la cruauté de mon attitude à son égard et m'enfuis pour ne pas l'assumer.

J'eus un dernier signe d'elle par la poste quelques mois plus tard. Il s'agissait d'un courrier type tout à fait succinct. Le greffier en chef du tribunal des affaires familiales de Naples m'informait que suite au dépôt d'une requête, la garde de Sandro et d'Anna était attribuée à leur mère. J'aurais pu courir à la gare, filer droit chez le greffier en chef, protester, tempêter : je suis le père, je me moque de votre fichu ex-article 133, me voici, et c'est faux que j'aie abandonné mes enfants, je veux les voir. Je ne réagis pas. Je persévérai dans ma vie avec Lidia, dans mon travail.

6

Assis par terre dans mon bureau saccagé, j'ai examiné longuement ce document officiel : il était là, dans l'enveloppe jaune, avec la lettre de Vanda. Je me suis demandé si mes enfants avaient jamais lu l'original du jugement prononcé par l'autorité judiciaire, comme on dit, ou un autre document de ce genre qui doit se trouver quelque part. Ce papier constitue la mémoire de mon renoncement officiel à eux. C'est la preuve écrite que je les ai laissés grandir sans moi, que j'ai permis qu'ils passent par-dessus bord dans la mer en tempête qui les éloignerait définitivement de ma vue et de mes préoccupations, jusqu'à les faire sortir de ma vie. Cette notification laconique attestait que je m'étais délesté d'eux. Je m'habituerais à ne plus les sentir peser dans ma tête, mon cœur, mes tripes, parce qu'il n'y aurait plus d'habitudes quotidiennes, parce qu'ils deviendraient vite différents des enfants que je connaissais. Ils ne tarderaient pas à perdre leurs traits enfantins et à s'allonger, leur corps entier changerait, leur visage, leur voix, leur démarche, leurs pensées. Dans mon souvenir en revanche ils seraient figés à ce moment extrême où je les avais rendus à leur mère en disant que je devais repenser mon organisation.

Du temps passa. Je supportai la séparation grâce à la présence de Lidia et à des propositions de travail de plus en plus gratifiantes. Je quittai mon emploi frustrant à l'université, me mis à écrire dans les journaux, créai des émissions pour la radio, fis de timides premiers pas à la télévision. Il y a une distance qui ne se compte pas en kilomètres ni même en années-lumière, c'est la distance due aux changements. Je m'éloignai de ma femme et de mes enfants en suivant ce qui me passionnait : un nouvel amour et une activité intense, nouvelle elle aussi, où, dans une succession apparemment irrésistible, j'accumulais les petits succès personnels. Je plaisais à Lidia, je plaisais à tout le monde. Pendant ce temps, un brouillard sec enveloppait le passé où je m'étais senti lent et inefficace. L'appartement de Naples s'estompa, la famille et les amis aussi. De présents et vivants ne restaient que Vanda, Sandro et Anna, mais le moment vint où la distance les priva de leur force, ôta toute substance à leur douleur. D'autant plus que, par une sorte d'automatisme, la distance se combina avec un vieux réflexe de mes sens. Petit, je m'étais entraîné à ignorer ce qu'endurait ma mère quand mon père la harcelait. J'y arrivais si bien que, même présent à leurs scènes, je pouvais annuler les cris, les insultes, le bruit des claques, les pleurs, certaines phrases en dialecte ressassées comme une litanie : je vais me tuer, je vais me jeter par la fenêtre. J'avais appris à ne pas entendre mes parents. Et pour ne pas les voir, il me suffisait de fermer les yeux. Cet art acquis dans mon enfance m'a servi toute ma vie en de multiples circonstances. À cette époque, il me fut précieux et j'y recourus souvent. J'avais laissé un vide, je faisais le vide. Ma femme, mes enfants se manifestaient dans les moments les plus divers, et pourtant je ne les voyais pas, ne les entendais pas.

Mais je ne m'en sortis pas toujours pour le mieux. J'étais à l'étranger quand on m'apprit que ma femme avait tenté de se suicider. Jusque-là, m'écriai-je, consterné, mais j'ignore encore ce que j'entendais par là. *Jusque-là* fut peut-être un cri silencieux contre Vanda : quel sens cela avait-il de friser la mort ? Plus probablement je m'accusais : tu l'as poussée jusque-là, tu devrais avoir honte. Ou, plus généralement, je protestais contre cette frénésie répandue de prétendre obtenir tout ce qu'on désirait, sans se soucier des risques qui en découleraient pour les autres, ni du mal qu'on occasionnerait. Je me torturai, dévoré d'angoisse. Vanda était hospitalisée. Quand et comment cela s'était-il passé ? Comment ce geste marquerait-il Sandro et Anna ? Les instants se réalignèrent, conférant une nouvelle netteté à des personnes désormais très lointaines. Je m'aperçus que j'étais obligé de trancher : tout quitter, mon travail, ma nouvelle vie, la personnalité dont je me dotais en vivant avec Lidia pour courir effacer le vide, remettre les choses à leur place ; ou me contenter de téléphoner, m'enquérir de l'état de Vanda, mais ne pas la voir, surtout pas avec nos enfants, ne pas m'exposer à une vague d'émotion, ne pas courir ce risque. Je balançai longtemps entre ces deux possibilités. Il me sembla que je ne pouvais demander conseil à personne, que la responsabilité de la décision me revenait à moi seul. Et si ma femme ne survivait pas ? Devrais-je reconnaître que je l'avais tuée ? Comment ? En ravageant sa vie de telle sorte qu'au lieu de s'y accrocher, ainsi qu'aux enfants, elle s'était persuadée qu'il valait mieux s'en débarrasser ? Sandro et Anna, en grandissant, m'attribueraient-ils ce meurtre ? D'ailleurs, fallait-il qu'elle meure pour que je prenne conscience que je m'étais livré à un crime prolongé sur des mois, des années ?

Un crime, oui, un crime.

J'avais brisé une existence, poussé une personne jeune, qui partageait mon désir de se réaliser pleinement, à admettre qu'elle ne savait plus vivre.

Mais non, quelle idée me venait ? Suivre son destin, était-ce un crime ? Refuser de rester en dessous de soi-même, était-ce un crime ? S'élever contre des institutions et des habitudes étouffantes, était-ce un crime ? Quelle absurdité.

J'aimais Vanda, à aucun moment je n'avais froidement décidé de lui nuire. Je m'étais comporté avec circonspection, lui avais menti, précisément pour qu'elle souffre le moins possible. Mais juste ciel, pas au point de souffrir moi-même, d'étouffer moi-même pour lui éviter d'étouffer. *Pas jusque-là.*

Je ne lui rendis pas visite. Ne voulus pas savoir comment elle allait. Ne lui écrivis pas. Ne m'informai pas de la façon dont les enfants réagissaient. Je décidai de me comporter de telle sorte qu'elle comprenne une bonne fois ce qu'il en était : rien, pas même sa mort, n'aurait pu m'empêcher d'aimer Lidia. Aimer : je commençai à prononcer ce verbe à cette époque – avant j'avais l'impression qu'il appartenait au vocabulaire des romans à l'eau de rose –, convaincu de lui apporter un sens qu'il n'avait jamais eu avant.

7

Vanda se rétablit, cessa de chercher à me joindre, et bientôt même de m'écrire. Mais en mars 1978, c'est moi qui lui envoyai une lettre, où je demandais à voir Sandro et Anna seuls.

Il me serait difficile d'expliquer pourquoi, quand, à première vue, tout allait à merveille. Je vivais à Rome, travaillais régulièrement pour la télévision, étais très heureux avec Lidia. Ma femme avait cessé toute pression et les enfants n'étaient plus que ce sursaut qui me faisait me retourner dans la rue si une petite voix appelait papa. Pourtant quelque chose avait déraillé. Ce n'était peut-être pas une bonne période, mes doutes étaient revenus à la charge, parfois il me semblait que je m'étais attribué un talent imaginaire. À mes heures noires, je me persuadais que mon succès grandissant était le fruit du hasard, que la tendance allait s'inverser, que l'orgueil dont j'avais fait preuve en me chargeant de tâches pour lesquelles je n'étais pas qualifié serait puni. Mais Lidia aussi jouait peut-être un rôle. Je l'aimais de plus en plus et lui attribuais une finesse, une intelligence, une sensibilité que j'étais de moins en moins sûr de mériter.

« Pourquoi es-tu avec moi ? lui demandais-je.

— C'est arrivé, c'est tout.

— Ça ne veut rien dire.
— Pourtant c'est comme ça.
— Et s'il arrive que tout s'arrête ?
— Faisons en sorte que ça n'arrive pas. »

Je l'observais parfois de loin, à une fête ou dans une occasion publique. En l'espace de deux ans, elle avait perdu son apparence de gamine, c'était à présent une femme très prisée dont émanait une force de flamme ondoyante, discrète, mais aveuglante. Elle va bientôt me laisser sur le bord du chemin, pensais-je en la regardant. Si je goûtais désormais au succès, c'était grâce à l'énergie vitale et à l'étincelle d'ambition que notre rencontre m'avait insufflées. Tôt ou tard, elle s'apercevrait qu'elle était tombée amoureuse non pas de moi, mais des effets sur moi de son propre rayonnement, et comprendrait qu'en réalité je n'étais qu'un pauvre type dépassé par les événements. Plus elle me verrait tel que j'étais, plus elle serait attirée par d'autres hommes. Voilà ce que je pensais et, depuis peu, je surveillais ses amitiés. Je m'inquiétais si elle se montrait trop élogieuse à l'égard de tel ou tel représentant de la gent masculine, mais je craignais aussi de me transformer sans m'en rendre compte, moi l'amant sans tabou, en geôlier. Métamorphose – je le savais pertinemment – bien inutile. Que je le veuille ou non, Lidia écouterait son désir et me laminerait comme j'avais écouté le mien et laminé Vanda. Elle me tromperait, oui, c'était le verbe approprié, même si nous n'avions conclu aucun pacte, que notre relation n'incluait aucune contrainte, que je ne me sentais nullement tenu de ne pas désirer d'autres femmes tout comme elle n'avait jamais promis de ne pas désirer d'autres hommes. La simple perspective de cette éventualité m'anéantissait. Elle rencontrera en déplacement pour le travail quelqu'un qui lui plaira. Elle sera attirée par un ami ou une connaissance et sautera le pas. Elle ira à une fête, s'amusera, s'abandonnera. Elle se sentira valorisée par des autorités mâles à l'ombre desquelles elle jouira de privilèges que je n'ai pas su lui procurer. Les temps nouveaux ont simplement recouvert les temps anciens d'un voile chatoyant, sous le fard de la modernité des pulsions archaïques sont à l'œuvre. Mais c'est la vie d'aujourd'hui, et elle la vivra jusqu'au bout, ma souffrance ne pourra pas l'en empêcher. Désormais il m'arrivait de perdre le goût de mon travail, et mon imagination tarie ne se ranimait que si je parvenais à me persuader que j'avais tort, qu'elle m'aimait et m'aimerait toujours. Sinon quel sens aurait eu le sillage de douleur que j'avais laissé derrière moi ?

À ces moments-là, les mailles serrées de mes journées – toutes ces réunions, rivalités, tensions permanentes, mini-défaites, mini-victoires, missions à droite et à gauche scandées par nos câlins le soir, la nuit, le matin, qui constituaient un antidote parfait pour tenir en respect la mémoire et les remords – se distendaient imperceptiblement. Et se déchiraient devant des pères qui jouaient avec leurs enfants, se prodiguaient en savantes explications dans le train et le bus ou risquaient l'infarctus pour leur apprendre à faire du vélo, tenant la selle et criant : vas-y, pédale. Vanda et les enfants – oubliés – réapparaissaient pour me rappeler qu'à une certaine époque j'avais fait de même. Par un matin glacial de forte déprime, j'aperçus via Nazionale une femme maigre et négligée traîner des enfants rageurs, un garçon et une fille qui se chamaillaient, l'un de dix ans peut-être, l'autre de cinq. Je les suivis longtemps du regard. Les enfants se bousculaient, s'insultaient, la mère les menaçait. Elle portait un vilain manteau démodé et eux des chaussures informes. Je pensai : c'est ma famille qui resurgit de l'oubli, et *je vis* soudain ma place vide à côté d'eux, j'eus la conviction que c'était ce vide qui les avait ainsi changés.

Quelques jours plus tard, j'écrivis à Vanda. Elle me répondit au bout de deux semaines, quand de nouveau tous trois étaient relégués au dernier rang de mes préoccupations et que, ayant chassé mes idées noires, j'allais bien. Sa lettre m'agaça. *Tu écris que tu as besoin de rétablir une relation avec les enfants. Tu considères que, quatre ans étant passés, nous pouvons aborder le problème sereinement. Mais que reste-t-il à aborder ? N'as-tu pas clairement défini la nature de ton besoin quand tu as déclaré forfait en nous volant notre vie, quand tu les as abandonnés parce que tu ne supportais pas d'être responsable d'eux ? Quoi qu'il en soit, je leur ai lu ta demande et ils ont décidé de te rencontrer. Je te rappelle au cas où tu l'aurais oublié que Sandro a treize ans et Anna neuf. Ils sont pétris d'incertitudes et de peurs. N'aggrave pas leur état.* J'allai à contrecœur à ce rendez-vous avec mes enfants.

8

Le rappel sarcastique de Vanda – *Sandro a treize ans et Anna neuf* – m'avait préparé à les trouver différents de mon souvenir. Mais ils n'étaient pas simplement différents : j'eus l'impression d'être face à des inconnus qui me regardaient comme un inconnu.

Je les emmenai dans une brasserie, où je remplis la table de bonnes choses à boire et à manger. J'essayai d'échanger avec eux et finis par ne parler que de moi. Ils ne m'appelèrent jamais papa, tandis que dans ma nervosité je prononçai cent fois leurs prénoms. Comme je redoutais que leur seul souvenir de moi soit le séisme que j'avais causé dans leur vie, la souffrance que je leur avais infligée, j'essayai tant bien que mal de leur présenter une personne respectable, facile à vivre, dotée d'un métier dont ils pouvaient se vanter auprès de leurs camarades. À leurs regards attentifs, à quelques sourires et même à un rire joyeux d'Anna, je crus les avoir convaincus. J'espérais qu'ils me questionnent, par exemple sur comment ils pourraient suivre mes traces quand ils seraient grands. Mais Sandro ne dit rien et Anna me demanda en désignant son frère :

« C'est vrai que c'est toi qui lui as appris à lacer ses chaussures ? »

Sa question m'embarrassa. J'avais appris à Sandro à lacer ses chaussures ? Je ne m'en souvenais pas. Dès lors, sans raison évidente, je ne m'étonnai plus qu'ils me soient étrangers, le sentiment d'étrangeté était inscrit dans notre rapport originel. Tant que je vivais avec eux, j'avais été un père distrait qui n'éprouvait pas le besoin de les connaître pour les reconnaître. Maintenant que, soucieux de me montrer sous un bon jour, je voulais me pénétrer de tout ce qu'ils étaient, je les regardais avec une attention excessive – comme des étrangers justement –, avide de détails dans ma hâte de tout apprendre d'eux en quelques minutes. Je répondis par un mensonge : oui, je crois bien, j'ai appris plein de choses à Sandro, peut-être à lacer ses chaussures aussi. Et Sandro grommela : personne ne lace ses chaussures comme moi, tandis qu'Anna déclarait : c'est ridicule sa façon de les lacer, je suis sûre que tu fais pas comme ça.

Je m'efforçai de sourire et affichai toute la bienveillance dont j'étais capable. Je tenais pour acquis que je laçais mes chaussures comme tout un chacun, Sandro petit avait dû, allez savoir par quel biais, s'approprier l'anomalie que mes deux enfants soulignaient avec des intonations différentes. Il est convaincu, pensai-je, soucieux, d'avoir préservé un lien authentique avec moi à travers cette façon de lacer ses chaussures, et maintenant il risque de découvrir qu'il s'est trompé. Que faire ?

Anna me regarda droit dans les yeux. Elle arborait toujours une mine réjouie et un pli de la bouche involontaire qui lui donnaient l'air content même quand elle ne l'était pas. Elle réclama : montre-nous comment tu fais, et je m'aperçus qu'elle aussi, tout en se moquant de son frère, cherchait avec cette histoire de lacets la preuve que je n'étais pas un monsieur quelconque à qui il fallait attribuer le rôle de père, mais quelque chose de plus. Je demandai : vous voulez que je vous montre, là tout de suite, comment je lace mes chaussures ? Oui, dit Anna. Je délaçai une chaussure, puis la relaçai. Je tirai sur les deux extrémités du lacet, les croisai, passai l'une sous l'autre, serrai énergiquement. Je les regardai, tous deux avaient les yeux rivés sur ma chaussure, la bouche entrouverte. Je recommençai la manœuvre avec un brin de nervosité : croiser les extrémités, passer l'une sous l'autre, serrer, former une boucle. Je fis une pause, hésitant. Les yeux de Sandro pétillèrent de satisfaction. Anna murmura : et après ? Je pris la boucle, la fermai en la serrant entre mes doigts, passai sous l'extrémité restante, formai une nouvelle boucle et tirai. Voilà, dis-je à Sandro, tu fais pareil ? Oui, répondit-il. Et Anna renchérit : c'est vrai, il n'y a que vous deux pour les lacer comme ça, je veux apprendre, moi aussi !

Nous passâmes le reste du temps à faire et défaire mes lacets et ceux de Sandro jusqu'à ce qu'Anna, agenouillée à nos pieds, eût appris à les renouer à notre manière. De temps à autre elle déclarait : n'empêche que c'est ridicule de lacer ses chaussures comme ça. Sandro finit par me demander : tu m'as appris quand ? Je décidai d'être honnête : je ne crois pas te l'avoir appris, tu as appris tout seul, en me regardant. À cet instant, je me sentis coupable comme jamais.

Vanda m'écrivit par la suite une lettre hostile, où elle rapportait que les enfants m'avaient trouvé fuyant comme d'habitude, que je les avais déçus. Aucune allusion à l'affaire des lacets, Sandro et Anna n'avaient sans doute rien dit. Mais je savais qu'à force de lacer et délacer nous nous étions rapprochés, raccourcissant peut-être la distance entre nous comme cela n'était pas arrivé depuis leur naissance. Ce fut du moins mon espoir, je voulus croire qu'il en était allé ainsi. Dans cette brasserie, je les avais sentis mes enfants plus que dans le passé, j'avais éprouvé – éprouvé de toutes mes fibres – la responsabilité de ce que je leur avais enlevé, le mal que je leur avais causé en les spoliant de leurs certitudes affectives et j'avais pleuré des jours et des nuits en cachette de Lidia. C'est pourquoi je ne pouvais pas croire qu'ils avaient dit à leur mère : il nous a déçus. Mais comme j'étais sûr que Vanda ne mentait pas – elle ne mentait jamais –, je pensai que le mensonge venait de Sandro et d'Anna. Ceux-ci avaient menti dans une bonne intention. Ils redoutaient de faire souffrir leur mère en lui racontant que leur rencontre avec moi s'était bien passée et comme sa souffrance désormais les tétanisait, ils préféraient taire ce qu'ils avaient découvert de bon chez moi pour épargner un chagrin à Vanda.

C'est à cette époque que je me souvins de ma mère, du jour où elle s'était tailladé un poignet avec une lame de rasoir de mon père. Le sang gouttait sur le sol et nous, ses enfants, l'avions empêchée de se taillader l'autre. Devant une telle scène, quelque chose céda dans la barrière d'insensibilité dont je m'étais entouré pendant mon enfance et ma prime adolescence. Les tourments si lointains de ma mère, son insatisfaction, sa colère, sa haine parfois à l'égard du mari qui lui était échu, m'envahirent sans filtre, avec une puissance que je n'avais jamais ressentie. Et la douleur de Vanda s'engouffra aussi par cette brèche. Non seulement je sentis dans ma chair pour la première fois combien je l'avais meurtrie, mais je mesurai avec la même intensité insupportable que de mon côté j'avais pris soin d'éviter le choc de cette souffrance, alors que nos deux enfants, eux, avaient été frappés de plein fouet et peut-être broyés. N'empêche, ils parlaient lacets avec moi. Tu laces tes chaussures comme moi ? Tu es ridicule, mais tu me montres ?

9

Je revins les voir. Je fis des apparitions à la maison, à Naples, en essayant de créer une continuité dans mes visites. Je les reçus à Rome. Je les emmenai déjeuner ou dîner au restaurant – chose tout à fait nouvelle pour eux – et dormir dans l'appartement que j'avais loué viale Mazzini et où j'habitais depuis peu avec Lidia. Je m'aperçus que même dans l'hypothèse où mon succès naissant se confirmerait, il ne pourrait jamais justifier le sillage de douleur que j'avais laissé derrière moi, et je me compliquais la vie au point de négliger mon travail. Mais cette douleur à présent imprégnait leurs gestes, leurs voix de façon indélébile. D'entrée de jeu, Anna repoussa l'approche en douceur de Lidia pour lui signifier qu'elle la détestait par principe. Sandro, après quelques tentatives boudeuses pour accepter la situation, ne voulut plus remettre les pieds dans une maison où je vivais avec une autre femme que sa mère. Ils exigèrent de moi la plus grande attention, me voulurent à leur entière disposition. À peu ou pas travailler, je me retrouvai dans une passe délicate et pour m'en sortir, dus soustraire du temps à Lidia. Ma vie avec elle, la vie libre que nous avions connue, passa au second plan, je dus jongler entre les échéances de mes contrats, l'ombre de Vanda et les caprices de Sandro et d'Anna.

« Occupe-toi de tes enfants, me dit un jour Lidia.

— Et toi ?

— Je peux attendre.

— Non, tu ne m'attendras pas. Tu as ton travail, tes amis, tu me quitteras.

— Je te dis que je t'attendrai. »

Mais elle n'était pas contente, elle menait une vie de plus en plus autonome, d'où j'étais absent. Mes deux enfants non plus n'étaient pas contents et Vanda ne semblait pas l'être davantage, puisque j'avais beau me consacrer aux enfants en respectant scrupuleusement toutes les obligations qu'elle m'imposait, ses prétentions se multipliaient. Je me résolus par exemple à ne voir Sandro et Anna qu'à Naples, certes parce qu'ils y suivaient leur scolarité et y avaient tous leurs copains, mais aussi parce que je n'entendais pas compliquer davantage l'existence à Lidia et que par ailleurs c'était la volonté de Vanda. Cette dernière balançait entre rancœur et bon accueil. Si je la contrariais pour une raison ou une autre, elle me chassait d'une phrase abrupte. Mais si je me montrais docile, elle me gardait à la maison de bonne grâce, me laissait travailler en empêchant les enfants de me déranger et le moment vint où elle ajouta mon couvert au déjeuner et au dîner.

Bien vite il fut plus pratique – et aussi plus productif en termes de travail – de voir Sandro et Anna chez Vanda plutôt qu'à Rome. Un jour où Lidia partit en mission – son absence devait durer une semaine –, je cédai aux insistances des enfants qui me réclamaient à Naples. Je n'y passai pas qu'une nuit, mais les sept sans exception. Un soir, Vanda et moi nous attardâmes à parler de l'époque où nous nous étions rencontrés, presque vingt ans plus tôt. Nous nous étions allongés sur notre vieux lit conjugal, mais en tout bien tout honneur, et le sommeil nous surprit pendant que nous évoquions ces lointains souvenirs. Je racontai cet épisode à Lidia quand je la revis. C'était une période où je supportais mal ses engagements professionnels, la reconnaissance croissante dont elle jouissait, la tolérance avec laquelle elle acceptait la situation compliquée où je l'avais embarquée. Elle faisait toujours bonne figure et ne protestait pas quand mes enfants et ma femme – n'ayant jamais demandé la séparation de corps, nous ne pouvions pas non plus envisager cette chose nouvelle qu'était le divorce – s'invitaient dans notre vie privée par leurs longs coups de fil. Lidia ne réclamait rien, ne reprochait rien, elle ne se braquait que si je critiquais ses nombreuses obligations, et cela me poussait à croire qu'elle ne tenait plus à moi, à nous deux. J'espérai donc qu'elle se fâche, crie, pleure. Mais elle ne dit pas un mot, se contentant de pâlir. Puis, sans qu'on en discute, elle quitta l'appartement qu'on avait loué ensemble et retourna dans son studio d'autrefois. Sa réponse à mes récriminations et mes supplications fut simplement : j'ai comme toi besoin d'un lieu à moi.

Je vécus seul quelque temps, mais je me sentais triste. Je revins à Naples, auprès de mes enfants, de ma femme, d'abord une semaine, puis deux, puis trois. Mais je n'arrivais pas à me passer de Lidia. Pendant de longs mois, je l'appelais de façon obsessionnelle, en cachette des enfants et de Vanda. Lidia décrochait toujours, me parlait affectueusement, mais me raccrochait au nez quand j'invoquais mon besoin de la voir. Elle finit par couper les ponts le jour où, mon attachement à elle et la solidité croissante de mes rapports avec Vanda et les enfants me poussant à bout, je lui proposai une sorte de relation clandestine, sans engagement, où elle comme moi serions libres, pour le seul plaisir de partager un peu de temps. Ce fut une période affreuse. Pour tromper la douleur, je me consacrai corps et âme à une émission de télé très suivie, gagnant assez d'argent pour installer toute la famille dans la capitale.

10

Je ne sais dire avec précision quand j'ai commencé à craindre Vanda. Du reste, je ne l'ai jamais formulé de façon aussi explicite – *je crains Vanda* –, c'est la première fois que j'essaie de donner corps à ce sentiment par la grammaire et la syntaxe. Et c'est difficile. Même le verbe que j'ai employé – *craindre* – me semble inapproprié. J'y recours par commodité, mais il ne suffit pas, il ne balaye pas assez large. En attendant, si on veut simplifier, la situation est la suivante : je vis depuis 1980 avec une femme qui, pour menue et petite qu'elle soit, et à présent fragile jusque dans sa structure osseuse, sait m'ôter les mots et les forces et me rendre lâche.

Je crois que ça s'est installé peu à peu. Elle accepta mon retour, mais pas avec la douceur amoureuse qui avait caractérisé nos douze premières années de mariage. Elle était en butte à l'anxiété et au besoin de vanter ses propres mérites. Elle parlait beaucoup du travail sur soi qu'elle avait accompli, de la façon dont elle avait écarté tous les tabous, de sa détermination à devenir pleinement femme. C'est ainsi que s'ouvrit une longue période où, me sembla-t-il, elle peinait à trouver un équilibre. Elle avait perdu son éclat, ses mains et ses yeux n'étaient jamais au repos, elle fumait beaucoup. Il n'était pas question pour elle de recommencer comme avant, elle refusait de coller à son image. Elle m'imposa une sorte de mise en scène quotidienne, destinée à me prouver qu'elle était jeune, belle, élégante, libre, et ce, bien plus que la gamine pour laquelle je l'avais quittée.

Je manifestai ma perplexité. Tentai sans doute de lui faire comprendre que ses paisibles attentions d'autrefois me suffisaient, qu'il n'était pas nécessaire d'investir chaque instant d'un tel enjeu. Mais je m'aperçus vite qu'elle se crispait au moindre signe de mécontentement de ma part. J'avais cru que, fière de sa victoire, elle oublierait, et en effet elle oubliait, mais pas comme je l'avais imaginé. Elle évitait de me reprocher ce que je lui avais imposé, elle laissait s'estomper humiliations et offenses. Mais la douleur de ces années ne s'évacuait pas et cherchait d'autres issues, voilà tout. À sa souffrance toujours présente Vanda donnait la forme de l'intransigeance. Elle souffrait et se braquait, souffrait et devenait hostile, souffrait et adoptait un ton méprisant, souffrait et se montrait inflexible. Pour elle, chaque jour de notre nouvelle vie était une épreuve décisive où affirmer : je ne suis plus la personne conciliante d'autrefois et si tu ne fais pas ce que je te dis, tu peux t'en aller.

Je découvris que son mal-être me démoralisait. Si la douleur que je lui avais infligée peinait à m'atteindre, je m'aperçus tout de suite que cette fois ses tourments prenaient un pli différent, et j'en ressentis tout le poids et le chagrin. Dévoré de culpabilité, je maîtrisai mon malaise peu à peu, m'efforçai de la complimenter d'abondance tous les jours, attendis patiemment qu'elle se lasse de me prouver son intelligence, la radicalité de ses opinions politiques, son ardeur débridée au lit, sa confiance en elle. J'obtins de bons résultats. Elle cessa de me bombarder de citations, renonça à ses désirs de subversion, revint à un appétit sexuel mesuré, reprit une mise simple. Mais elle s'assombrissait toujours si j'exprimais la moindre divergence. Si par hasard je n'étais pas d'accord avec elle, elle s'alarmait. Elle l'interprétait comme un mécontentement, ce qu'elle ne supportait pas : elle pâlissait, allumait une cigarette en aspirant de façon saccadée, les mains tremblantes, défendait sa position en la poussant jusqu'à l'absurde. Elle ne se calmait que quand je finissais par lui donner raison, changeant aussitôt d'humeur pour témoigner d'une joie et d'un empressement excessifs. Je compris vite que si, dans les dernières années, elle s'était toujours rangée à mes avis et que cette bonne intelligence la tranquillisait, à présent elle ne s'apaisait que si cette bonne intelligence présupposait que je sois, moi, toujours d'accord avec elle. Tout signe de contrariété chez moi lui semblait sans doute annoncer une crise et, ses propres affres l'exaspérant, elle était la première à vouloir tout envoyer promener. J'appris à ne pas intervenir dans ses affaires, à garder les miennes pour moi et à toujours abonder benoîtement dans son sens.

Ce processus occupa en gros les deux années qui suivirent notre réconciliation. Ce fut une période compliquée. Puis Vanda trouva un équilibre, elle voulut travailler, même si je gagnais confortablement notre vie, et fut embauchée dans un cabinet d'expert-comptable. Alors qu'elle était de plus en plus frêle, de plus en plus marquée, elle décupla d'énergie, ne négligeant à aucun moment ni la maison, ni les enfants, ni moi. Pour ma part, je m'appliquais à ne pas faire de faux pas. Je la soutenais sans trop l'écouter dans ses démêlés professionnels, assistais sans m'en mêler aux brimades qu'elle infligeait à notre femme de ménage, respectais les règles draconiennes de la vie domestique. Je lui demandais de m'accompagner dans toutes mes sorties publiques et elle acceptait volontiers, observant tout et tout le monde, décortiquant au retour la fatuité d'hommes archiconnus et la personnalité des femmes qui m'avaient approché d'un peu trop près – leurs petites voix mielleuses, leur beauté trompeuse, leurs bavardages prétentieux – avec l'art de ridiculiser les uns et les autres pour m'amuser.

Le seul domaine où je tentai à plusieurs reprises d'intervenir fut l'éducation des enfants. Je supportais mal qu'elle leur impose une vie trop austère : aucune dépense superflue, la télévision au compte-gouttes, la musique à peine plus, les sorties le soir exceptionnelles, la priorité donnée au travail scolaire. Je sentais le poids du regard de Sandro et d'Anna qui, chacun leur tour, pour des raisons diverses, me demandaient en silence d'user de mon autorité en leur faveur. Et comme je croyais être revenu à la maison par amour pour eux, au début, je me suis dit : joue ton rôle de père, là tu te dois d'intervenir, tu ne peux pas t'en dispenser. J'intervins en effet, surtout quand ils enfreignaient une règle et que leur mère les obligeait à en parler longuement, sans s'énerver, mais en les piégeant dans sa logique implacable. Dans ce cas, je n'arrivais pas à me retenir et, certes avec prudence et en posture de médiateur, donnais mon avis. Vanda se taisait, me laissait dire, le visage des enfants s'éclairait, Anna me lançait des regards de gratitude. Mais ensuite ? Quelques secondes passaient et leur mère faisait comme si elle ne m'avait pas entendu, comme si j'avais formulé des inepties auxquelles il ne valait pas la peine de répondre ou même carrément comme si je n'existais pas. Elle continuait à les harceler avec des raisonnements encore plus rigoureux tout en leur demandant : dites votre opinion librement, êtes-vous d'accord, oui ou non ?

Un jour cependant, elle se piqua et me rétorqua, glaciale :

« C'est toi qui parles, ou c'est moi ?

— C'est toi.

— Alors sors s'il te plaît, laisse-moi discuter avec mes enfants. »

J'obtempérai, décevant les enfants. Les heures suivantes passèrent dans un climat de guerre et nous amenèrent le soir à une scène dans les règles.

« Alors je ne suis pas une bonne mère ?

— Je ne dis pas ça.

— Tu veux qu'ils soient comme Lidia quand ils seront grands ?

— Qu'est-ce que Lidia vient faire ici ?

— C'est ton idéal, non ?

— Arrête.

— Si tu veux qu'ils deviennent comme Lidia, vous n'avez qu'à aller chez elle tous les trois, moi je n'y arrive plus avec vous. »

Je battis en retraite, je ne voulais pas qu'elle crie, sanglote, replonge. La douleur était toujours là, on n'en voyait pas le bout. Je feignis de ne rien remarquer chaque fois qu'elle harcelait les enfants avec des questions à n'en plus finir, auxquelles elle attendait des réponses cohérentes autant que sincères. Désormais Sandro et Anna me regardaient découragés. Au début, ils avaient dû se demander : qui est cet homme, que pense-t-il, quand va-t-il se décider à nous sortir de là en criant une bonne fois ça suffit, laisse-les tranquilles ? Maintenant ils ne cherchaient plus à savoir. Peut-être avaient-ils compris, eux aussi, que l'équilibre était à cette condition. Et pour le rompre il aurait fallu que l'ultimatum qui brûlait les lèvres de Vanda (*ou tu me prouves à chaque instant que tu m'acceptes telle que je suis, ou tu peux prendre la porte, je ne te retiens pas*) me trouve prêt à répondre : crie autant que tu veux, fous-toi en l'air, et tes enfants avec, je ne te supporte plus, je m'en vais. Mais je n'en ai jamais été capable. Je l'avais déjà fait une fois. En vain.

Les années ont passé ainsi les unes après les autres, nous sommes devenus une jolie petite famille aisée et respectable. J'ai gagné quelque argent. Vanda l'a épargné avec le féroce sens de l'économie dont elle fait preuve depuis toujours, et nous avons acheté cet appartement à deux pas du Tibre. Sandro est allé à l'université, Anna aussi. Ils ont eu du mal à trouver un travail et encore plus à le garder, ils s'adressent à nous quand ils ont besoin d'argent et mènent des existences décousues. Sandro fait des enfants chaque fois qu'il aime une femme, il en a quatre à qui il sacrifie tout, pour lui ils sont la seule chose qui compte. Anna a refusé de procréer, considérant que c'est là un des nombreux comportements barbares du genre humain, un reste d'animalité. Conscients que c'est leur mère qui tient toujours les rênes, ni l'un ni l'autre ne m'adressent leurs demandes parfois insensées. Ils m'ont vu hanter la maison tel un esprit inoffensif, presque muet. En quoi ils n'ont pas tort. Toute ma vie s'est déroulée en dehors d'eux. Dans mon foyer, j'ai été un homme-ombre, toujours silencieux quand Vanda fêtait avec effusion *mes* anniversaires, invitait *mes* amis, *ma* famille. Il n'y a plus eu de conflits. Dans toutes les circonstances publiques ou privées, je me taisais ou acquiesçais d'un air vaguement amusé, et elle me parlait sur un ton ironique teinté d'allusions obscures et d'une affection superficielle.

Oui, elle usait d'ironie, parfois de sarcasme. Toujours à mi-chemin entre la caresse et la cravache. Si par malheur je lance une remarque inappropriée ou un regard spontané, la riposte cinglante ne se fait pas attendre et mon mouvement intérieur est de courir me cacher. Quant à mes qualités ou mes mérites, que dire ? Vanda m'a souvent laissé entendre ainsi qu'à nos enfants, à nos femmes de ménage, à nos amis, à nos invités, que je suis une bonne personne, un bon compagnon et que jeune j'avais beaucoup de talent. Mais jamais elle n'a manifesté d'enthousiasme pour mon travail, mes succès, et les rares fois où elle a exprimé une tiède appréciation, c'était toujours pour souligner que nous y avions gagné un peu d'aisance.

Un jour, il y a peut-être quinze ans – c'était l'été, nous étions en vacances, nous marchions au bord de la mer –, elle m'a déclaré impromptu sur un ton sérieux qui ne lui est pas habituel :

« Je ne me rappelle plus rien de nous. »

J'ai pris le risque de demander :

« Nous, quand ?

— Toujours : depuis qu'on s'est connus jusqu'à aujourd'hui, jusqu'à ma mort. »

J'ai évité de répondre et n'ai pas plaisanté non plus sur l'absurdité de cette étendue temporelle. J'ai été sauvé par un scintillement dans l'eau : c'était une pièce de cent lires. Je l'ai ramassée et la lui ai donnée pour lui faire plaisir. Elle l'a examinée attentivement, puis l'a rejetée à la mer.

11

J'ai souvent repensé à ces quelques mots, qui parfois ne me disent rien, parfois me disent tout. Elle comme moi connaissons l'art de la réticence. La crise de ces lointaines années nous a appris à tous deux que pour vivre ensemble nous devions nous taire plus que nous parler. La recette a marché. Ce que Vanda dit ou fait est presque toujours le signal de ce qu'elle dissimule. Quant à mon approbation systématique, elle cache le fait que, depuis des décennies, nous ne partageons rigoureusement aucun sentiment sur rien. En 1975, au cours d'une dispute, elle m'avait crié avec une sincérité cruelle : voilà pourquoi tu as fait scier ton alliance, tu veux te débarrasser de moi. Et comme presque malgré moi j'acquiesçai – en ce temps-là mon organisme échappait à mon contrôle –, Vanda avait retiré son alliance et l'avait jetée. L'anneau d'or avait atterri contre un mur pour rebondir sur la cuisinière et tomber par terre, roulant sous un meuble comme s'il était vivant. Cinq ans après, quand mon retour lui sembla définitif, son alliance réapparut à son doigt. Ce qui signifiait : je me sens de nouveau liée à toi, et toi ? Sa question muette avait ce ton impérieux qui était nouveau, et exigeait une réponse immédiate, silencieuse ou clamée haut et fort. Je résistai quelques jours, mais je voyais bien qu'elle tournait son alliance à son doigt avec une nervosité croissante. Le cadeau de sa fidélité servait surtout à vérifier mes intentions. J'allai chez un bijoutier et revins à la maison avec au doigt un anneau en or, qui portait gravée la date de notre réconciliation. Elle ne fit aucun commentaire, moi non plus. Mais en dépit de l'alliance, j'eus une aventure presque tout de suite – trois mois après mon retour sous le toit conjugal – et j'ai été obstinément infidèle jusqu'à il y a quelques années.

Je ne suis pas sûr des raisons qui m'y ont poussé. Le petit jeu de la séduction, la curiosité sexuelle, l'impression (non fondée) que chaque flirt réveillait ma créativité perdue ont sans aucun doute joué un rôle. Mais je préfère une motivation à la fois moins tangible et plus vraie : je voulais me prouver à moi-même que, tout en ayant reconstitué le couple d'avant, en étant revenu au bercail, en portant de nouveau mon alliance, j'étais libre, je n'avais plus de véritables liens.

Je me suis donné ces preuves, mais toujours avec beaucoup de prudence. Il n'y a pas une de ces femmes consentantes à qui je n'aie dit le moment venu : je te désire, c'est vrai, mais le pacte entre nous doit être clair si nous voulons que notre amitié dure ; je suis un homme marié, j'ai déjà fait souffrir ma femme et mes enfants au-delà du tolérable, je ne veux pas qu'ils souffrent encore ; donc tout ce que nous pouvons nous accorder c'est un peu de plaisir, pendant une courte période et dans la plus grande discrétion ; si cela te convient, allons-y, sinon stop. On ne m'a jamais envoyé sur les roses. Les temps avaient changé : ils imposaient de plus en plus aux femmes, célibataires ou mariées, de prendre leur plaisir avec désinvolture, à la façon des hommes. Les filles se sentaient vieux jeu si elles se faisaient trop prier, tandis que les épouses et mères de famille voyaient dans l'adultère un péché véniel, ou plus simplement une ruse masculine pour les soumettre. Par conséquent, elles laissaient parler leur désir sans s'attendre à Dieu sait quel amour et écoutaient mon préambule d'un air amusé, à croire que je leur servais une anecdote grivoise. Ce n'étaient donc que des coups de canif dans le contrat. Dans quelques rares circonstances, j'ai cru perdre la tête et redouté que tout recommence. C'était le cas surtout quand la rupture venait de ma partenaire. Dans ce cas, la blessure laissée par Lidia se rouvrait et pendant plusieurs semaines voire plusieurs mois, je me sentais mourir.

Mais je ne mourais pas, et c'est précisément le fantôme de Lidia qui m'a sauvé de nouveaux naufrages. Je ne me suis perdu derrière aucune autre femme parce que je suis resté lié à elle. Je ne l'ai jamais oubliée, et penser à Lidia me trouble toujours. C'est pourquoi je n'ai pas laissé passer d'année sans susciter une rencontre. J'ai suivi assidûment les étapes de son existence. Elle enseigne encore à l'université, mais approche de la retraite. Elle écrit dans les journaux, c'est une économiste très appréciée, surtout à notre époque de chômage et de misère. Elle s'est mariée voilà trente ans avec un écrivain assez connu, un de ces auteurs qui jouissent toute leur vie d'un certain prestige et que personne ne lit plus après leur mort. C'est un mariage réussi. Elle a trois garçons, tous adultes désormais, travaillant tous à l'étranger avec de très bons salaires, dans des domaines porteurs. Je suis content pour elle, c'est bien que son existence ait été heureuse. Quand on se voit – au début, elle ne voulait pas me rencontrer, je me postais en bas de chez elle, la guettant de loin, charmé par ses vêtements aux couleurs toujours bien assorties, sa démarche élégante ; mais au fil des années, elle a cédé et nos rendez-vous sont devenus une habitude, un rite annuel, qui toutefois m'émeut encore – elle parle beaucoup d'elle. C'étaient et ce sont des rencontres en tout bien tout honneur. Je l'écoute attentivement. Peu à peu sa vie a été plus remplie que la mienne, et maintenant que pour elle aussi les satisfactions tendent à diminuer, elle s'attarde avec tendresse sur la réussite de ses fils. Son mari sait tout, je crois qu'elle lui rapporte même mes plaintes de vieillard insatisfait, les soucis que m'ont donnés et me donnent Sandro et Anna. En revanche, Vanda ignore que je n'ai jamais perdu de vue la femme pour qui jadis, voilà bien longtemps, je l'ai quittée. Je préfère ne pas imaginer ce qui se passerait si elle l'apprenait, le nom même de Lidia est tabou depuis quatre décennies. Je suis sûr qu'elle pourrait supporter la liste complète de mes maîtresses, mais pas la preuve que je vois Lidia, que je lui téléphone, que je l'aime encore.

Chapitre 3

1

Je me suis réveillé en sursaut. J'étais toujours dans mon bureau, mais allongé sur le côté, les lettres de Vanda pour matelas. La lumière était restée allumée, mais désormais le jour filtrait à travers les stores, meurtrières de lumière rose. J'avais dormi sur des fureurs, des supplications et des larmes vieilles de quarante ans.

Je me suis redressé, j'avais mal au dos, au cou et à la main droite. J'ai essayé de me mettre debout, en vain, j'ai dû passer à quatre pattes, pour me hisser en gémissant, agrippé à la bibliothèque. Une angoisse m'étreignait, due à un rêve où j'étais encore empêtré. Qu'avais-je rêvé ? J'étais là, dans mon bureau sens dessus dessous. Lidia était allongée par terre au milieu des livres, telle qu'elle était il y a des années. À la voir, je me sentais encore plus vieux et n'éprouvais pas de la joie mais de la gêne. Tout mon appartement quittait

Rome lentement, avançant avec un léger roulis, comme un bateau sur un canal. Pendant un certain temps, ce mouvement me semblait tout à fait normal, puis je m'apercevais que quelque chose clochait. L'appartement entier se dirigeait vers Venise et pourtant, à l'inverse de toute logique, il laissait sur place une partie de lui-même. Je ne comprenais pas comment il pouvait y avoir deux bureaux identiques dans les moindres détails – ma présence et celle de Lidia comprises –, dont l'un restait immobile, isolé, tandis que l'autre s'éloignait avec l'ensemble de l'appartement. Puis je m'apercevais que la jeune femme en voyage avec moi vers Venise n'était pas Lidia : vérification faite, c'était la fille au solénoïde. Cette découverte me sidérait.

J'ai regardé ma montre, il était cinq heures vingt. Ma jambe droite aussi était douloureuse. J'ai relevé le store non sans mal, ouvert la porte-fenêtre et suis sorti sur le balcon pour finir de me réveiller à l'air frais. Des oiseaux chantaient avec insistance et de froids rectangles de ciel se découpaient entre les immeubles. Je me suis dit : il faut que je me débarrasse de ces lettres avant que Vanda se réveille. Elle n'aimerait pas découvrir qu'elles avaient résisté au temps, que les voleurs les avaient exhumées, qu'elles se trouvaient là, par terre, que je les avais lues – lues, oui, pas relues – comme si je ne les avais reçues que cette nuit. Elle ne se rappelait probablement pas les avoir écrites et se fâcherait à juste titre. Il était insupportable que des paroles issues d'un déséquilibre, d'une époque et d'une mentalité révolues resurgissent soudain. Ces phrases, c'était elle hors d'elle-même, la trace d'une voix qui ne lui appartenait plus. Je suis vite rentré dans la pièce, j'ai ramassé les lettres et les ai jetées à la poubelle.

Puis je me suis demandé que faire. Me préparer un café ? Me réveiller avec une douche ? M'assurer tout de suite que ne traînaient pas d'autres documents fâcheux ? À nouveau j'ai parcouru la pièce du regard : le sol, les meubles, les sacs-poubelle, les étagères disloquées, le plafond. Je me suis arrêté sur le cube de Prague, mon cube à secrets. Il dépassait trop, on avait l'impression qu'il allait tomber, il m'a semblé nécessaire de le repousser vers le fond. Mais avant, j'ai tendu l'oreille pour contrôler si Vanda dormait encore. Comme le chant des oiseaux couvrait tous les autres sons, j'ai ouvert les portes les unes après les autres en veillant à ce que les poignées grincent le moins possible et suis allé jusqu'à la chambre sur la pointe des pieds. J'ai aperçu ma femme dans la pénombre, c'était une vieille dame menue qui dormait bouche entrouverte, la respiration régulière. La pensée m'est venue qu'elle rêvait, qu'elle était traversée d'émotions. Elle avait dû remiser la logique derrière laquelle, toute sa vie, elle s'était protégée de moi, des enfants, du monde et avait désormais capitulé face à elle-même. Mais je ne savais rien de tout ce remue-ménage intérieur, et n'en saurais jamais rien. Je l'ai embrassée sur le front. Sa respiration s'est arrêtée un instant avant de reprendre.

J'ai usé des mêmes précautions pour refermer toutes les portes derrière moi et suis retourné dans mon bureau. Une fois en haut de l'échelle métallique, j'ai ouvert le cube bleu en appuyant fort sur une de ses faces. Il était vide.

2

Le cube de Prague a abrité pendant des décennies une vingtaine de polaroïds pris entre 1976 et 1978. C'est moi qui avais acheté l'appareil. À cette époque, je photographiais Lidia à tout bout de champ. Tandis que les appareils photo courants impliquaient d'apporter ses pellicules chez le photographe si on n'était pas capable de les développer soi-même – et donc qu'on exposait sa vie privée au regard d'un étranger –, ce procédé en revanche permettait d'obtenir la photo tout de suite après l'avoir prise. Lidia m'avait à peine rejoint pour assister au miracle avec moi que déjà la reproduction de son corps mince émergeait du brouillard sur le petit rectangle de papier craché par l'appareil. J'ai accumulé les polaroïds à cette époque. Quand je suis revenu vivre avec Vanda, j'ai emporté ceux où, en photographiant Lidia, il m'avait semblé photographier mon plaisir d'être vivant. Sur nombre de ces photos elle était nue.

Je suis resté tétanisé en haut de mon échelle. Pour une raison obscure, je me suis souvenu de Labès à qui je n'avais pas pensé de toute la nuit. Il est allé voir sa fiancée, avait lancé en riant le jeune carabinier. On rit toujours du sexe, même si tout le monde sait qu'il peut semer la discorde, rendre malheureux, engendrer la violence, conduire au désespoir et à la mort. Allez savoir combien d'amis ou connaissances avaient souri ou ri quand j'étais parti de chez moi. Ils s'en étaient amusés (*ah ah il prend du bon temps, Aldo*), exactement comme Nadar, le carabinier et moi avions plaisanté d'un éventuel vagabondage érotique de Labès. Mais j'étais revenu, Labès non. Pour le moment. Pas de miaulement, juste le chant des oiseaux. J'ai pensé à Vanda, qui m'avait regardé d'un air contrarié, froide au commentaire du carabinier. Pour elle, Labès avait été kidnappé et, tôt ou tard, les voleurs exigeraient une rançon. Mais aucun des trois hommes que nous étions n'avait pris au sérieux l'hypothèse de la vieille dame, le carabinier moins que personne : les Gitans n'enlèvent pas des chats pour obtenir de l'argent. Bien sûr – me suis-je dit en haut de mon échelle –, pas les Gitans. Il m'a semblé comprendre pourquoi Labès m'était soudain revenu à l'esprit. Le chat et les photos avaient en commun l'éros et la disparition. Les voleurs n'étaient pas de petits bohémiens en quête de chaînes en or. Ils saccageaient les appartements pour repérer les points faibles de leurs occupants, puis se manifestaient en réclamant de l'argent.

Je repensai à la façon dont la fille au solénoïde s'était intéressée au chat, dont son regard vif avait parcouru les livres, les bibelots, le cube bleu. Elle l'avait tout de suite repéré, alors qu'il était en hauteur et en retrait. Belle couleur, avait-elle déclaré. Quel œil exercé. J'ai senti la colère monter en moi et j'ai tenté de la calmer. À mon âge, on passe vite du soupçon à l'hypothèse fondée, de l'hypothèse fondée à la certitude absolue, de la certitude absolue à l'obsession. Je suis descendu d'un pied prudent, un échelon à la fois. Cette hypothèse risquait de me fourvoyer, il fallait avant tout vérifier qu'il n'était rien arrivé d'à la fois plus banal et plus immédiatement dangereux. Les voleurs – dans un effort de volonté j'ai chassé la livreuse pour revenir à ce substantif générique – avaient trouvé le cube et réussi à l'ouvrir, mais ces photos n'avaient peut-être été que l'occasion de rire grassement et ils les avaient rejetées parmi les mille autres objets délogés des étagères et de la mezzanine. C'était le scénario le plus probable. Mais dans ce cas – me suis-je dit – il faut que je revérifie tout sur-le-champ, ici et dans les autres pièces. Vanda ne doit pas tomber sur ces polaroïds, ce serait une catastrophe. Quel sens cela aurait-il de nous être montrés accommodants pendant toutes ces années, d'avoir pris mille précautions, de nous être réprimés en permanence si à présent, au bout du chemin, dans notre vieillesse, alors que nous étions particulièrement fragiles et avions le plus grand besoin de nous entraider, nous finissions par nous entretuer ? Je me suis imposé de vérifier partout à nouveau avec soin et j'ai entrepris de fouiller le tas au pied de la bibliothèque, en espérant que les photos aient été sous mes yeux toute la nuit sans que je les voie.

Mais plus je fouillais, moins j'étais concentré. Je pensais à Lidia, à l'époque de notre bonheur. Si j'avais trouvé les photos, je les aurais jetées à la poubelle, comme les lettres. Or je ne supportais pas l'idée qu'elles disparaissent pour toujours, que je ne puisse plus de temps en temps, seul à la maison, les regarder, m'extasier, me consoler, me livrer à la mélancolie, sentir qu'au moins brièvement dans ma vie, j'avais été heureux. Depuis longtemps déjà, la joie de cette époque, son parfum de légèreté libre de toute scorie toxique me semblaient parfois n'être qu'une rêverie sénile, une hallucination de mon cerveau mal oxygéné. Qu'en serait-il plus tard ? J'ai fouillé avec autant de frénésie que de mauvaise volonté, mélange malencontreux, et il m'est apparu que les photos n'étaient ni dans mon bureau ni dans le séjour. Alors ? Bientôt Vanda se lèverait et s'attellerait au rangement avec une efficacité de loin supérieure à la mienne. Son regard ne se brouillait pas, perdu derrière des songes, il restait attentif. Les polaroïds avaient pu atterrir dans notre chambre, dans les anciennes chambres de Sandro et d'Anna. Si elle les trouvait, non seulement elle découvrirait que Lidia n'avait jamais été oubliée, qu'elle avait franchi les décennies, nimbée d'une inaltérable jeunesse, tandis qu'elle-même avait inévitablement vieilli sous mes mains et sous mes yeux ; mais il se passerait aussi que, pour tenter de la calmer, je doive détruire les photos en sa présence, les brûler sur la cuisinière sans même un dernier regard.

J'ai rouvert les portes sans les faire grincer et suis entré dans la chambre d'Anna. Là aussi, quel désastre. J'ai cherché parmi des centaines de cartes postales, coupures de presse, photos d'acteurs et chanteurs, dessins multicolores, stylos qui n'écrivaient plus, règles, équerres, et j'en passe. Puis j'ai entendu la porte de notre chambre s'ouvrir, les pas de Vanda. Pâle, les yeux bouffis, elle est apparue sur le seuil.

« Tu as trouvé Labès ?

— Non, je t'aurais réveillée tout de suite.

— Tu as dormi ?

— Un petit peu. »

3

Nous avons pris notre petit-déjeuner comme d'habitude, quasiment en silence. J'ai juste essayé à un moment de l'envoyer se recoucher, mais elle a refusé. Quand elle s'est enfermée dans la salle de bains, j'ai poussé un soupir de soulagement et me suis précipité dans l'ancienne chambre de Sandro pour la fouiller. Mais le temps m'a manqué, Vanda est ressortie vingt minutes après, les cheveux encore mouillés, le visage marqué de mauvaise humeur, mais déjà prête à ranger sa maison de fond en comble.

« Que cherches-tu ? a-t-elle demandé, perplexe.

— Rien, je range.

— On ne dirait pas. »

Je la gênais, elle n'a jamais compté sur mon aide, ayant toujours été convaincue de s'en sortir mieux et plus vite toute seule. J'ai répliqué, vexé :

« Tu as vu comme j'ai rangé le séjour et le bureau ? »

Elle est allée contrôler et a trouvé à redire.

« Tu es sûr que tu n'as rien jeté d'utile ?

— Je ne me suis débarrassé que de ce qui était cassé. »

Elle a secoué la tête, dubitative, et j'ai vu venir le moment où elle voudrait vérifier le contenu des sacs-poubelle.

« Fais-moi confiance », ai-je dit.

Elle a marmonné :

« Ces sacs encombrent, porte-les au conteneur. »

L'anxiété m'a gagné, je ne voulais pas la laisser seule dans la maison. Je comptais la suivre et, si les photos traînaient quelque part, les trouver avant elle.

« C'est peut-être mieux si tu m'aides, ai-je dit, il y en a beaucoup.

— Fais plusieurs voyages. Il faut que quelqu'un reste ici.

— Pourquoi ?

— Ils pourraient téléphoner. »

Elle croyait toujours que les voleurs se manifesteraient et nous rendraient Labès. Sa conviction m'a influencé, j'ai soupçonné à nouveau la fille au solénoïde. C'est elle qui allait téléphoner. Ou peut-être pas, ce serait peut-être son complice probable, l'homme à la veste en similicuir. J'ai objecté :

« Ils voudront me parler.

— Je ne pense pas.

— En général, on parle avec l'homme.

— Penses-tu.

— Tu es vraiment prête à payer pour le chat ?

— Tu préfères qu'ils le tuent ?

— Non. »

Dans mon crâne résonnaient les voix de la fille et de l'homme, leur ton narquois, leurs ricanements. On veut tant pour le chat – diraient-ils –, et tant pour les photos. Sinon ? Sinon on montre les photos à ta femme. Bien sûr, je pouvais répondre : c'est ma femme quand elle était jeune, mais à coup sûr ils riraient et rétorqueraient : alors pas de problème, nous les rendrons à votre épouse avec le chat. Un scénario sans surprise. J'ai essayé de gagner du temps en soupirant :

« Quel monde de violence.

— Il y en a toujours eu.

— Mais elle n'était jamais entrée chez nous.

— Tu crois ? »

Je me suis tu, elle m'a houspillé :

« Alors tu t'y mets ? »

Je me suis penché pour ramasser un éclat de verre qui m'avait échappé.

« Il vaut peut-être mieux faire le ménage partout avant de descendre les poubelles.

— J'ai besoin de place, fais comme je te dis. »

J'ai entassé tous les sacs dans l'ascenseur, et pour finir il ne m'est pas resté de place. Je suis descendu à pied et j'ai appelé la cabine du rez-de-chaussée. J'ai traîné les sacs jusqu'aux poubelles. Impossible, grands et gros comme ils étaient, de les déposer dans les conteneurs réservés au papier, au verre ou au plastique, ils n'entraient nulle part. J'aurais dû tout trier, j'ai renoncé. Je les ai abandonnés sur l'asphalte, mais bien rangés les uns à côté des autres, en espérant que Nadar ne m'aperçoive pas de chez lui.

Il faisait déjà chaud, j'ai épongé quelques gouttes de sueur. L'hypothèse du regard de Nadar m'en a fait imaginer d'autres. Qui m'assurait que les voleurs se manifesteraient par téléphone ? Ils m'épiaient peut-être postés quelque part. Ce jeune Noir appuyé contre une des rares voitures, seul être humain dans la rue encore déserte, était peut-être des leurs. Je suis revenu vers l'entrée de l'immeuble en le lorgnant du coin de l'œil. Mon cœur battait plus fort, je sentais tout mon corps enflé, ma nuque douloureuse. Pour la première fois, j'ai souhaité que Sandro ou Anna arrivent à l'improviste, qu'ils m'aident et surtout, en se moquant de moi gentiment comme à leur habitude, fassent taire mon sang vieilli : tu exagères, tu vois des dangers et des complots partout, tu ne sais pas garder les pieds sur terre, tu écris encore des téléfilms dans ta tête comme il y a dix ans.

J'ai franchi la porte d'entrée avec anxiété, je saurais d'un simple coup d'œil si entre-temps Vanda avait trouvé les photos. J'ai préparé en hâte un mot conciliant pour l'occasion : je ne suis pas au courant, va savoir d'où ça sort, donne-les-moi que ça parte aussi à la poubelle. J'ai pensé insister sur le besoin d'ordre : notre maison dans cet état semblait nous encourager à la vider de fond en comble. Du reste Vanda devait partager cet avis puisqu'elle s'était réveillée sur le pied de guerre. Mais je n'ai pas eu l'impression en entrant dans le salon qu'elle avait été très efficace. Je l'ai surprise fouillant dans un coin comme si elle avait perdu quelque chose. Elle m'a entendu arriver et s'est relevée, les lèvres pincées, en lissant sa robe d'été du plat de la main.

4

Dans la journée, la chaleur a augmenté. J'ai abandonné à Vanda le séjour et le bureau pour me consacrer aux chambres de Sandro et d'Anna. Je me suis fixé cette tâche de mon propre chef, afin de chercher les photos à mon aise. Ma femme n'a pas donné signe de vie, c'était le silence complet, alors j'ai enchaîné en passant au peigne fin notre chambre et la salle de bains. Quand j'ai été sûr que les photos ne se trouvaient nulle part et que par conséquent il fallait s'attendre au pire, je suis revenu dans le séjour. J'ai découvert ma femme assise sur le seuil du balcon grand ouvert, le regard perdu au-dehors. Elle n'avait pas avancé pendant tout ce temps, la pièce était dans l'état où je l'avais laissée.

« Tu ne te sens pas bien ? ai-je demandé.

— Si.

— Quelque chose ne va pas ?

— Rien ne va. »

J'ai pris mon ton le plus affectueux :

« Tu verras que nous récupérerons Labès. »

Elle s'est tournée vers moi.

« Pourquoi t'es-tu arrangé pour que j'apprenne maintenant ce qui t'avait poussé à choisir ce nom ?

— Je ne te l'ai jamais caché. C'est notre bestiole à nous, alors je l'ai appelé Labès. Où est le problème ?

— Tu mens, tu as toujours menti, et même vieux, tu continues à mentir.

— Je ne te comprends pas.

— Mais si, tu comprends très bien : le dictionnaire de latin est là-bas par terre. »

Je n'ai rien répliqué. Quand Vanda a besoin de passer ses nerfs, elle trouve toujours un fait insignifiant pour lui servir de prétexte. Je suis allé dans le coin qu'elle m'avait indiqué d'un geste las. Par terre, au milieu d'autres livres en bon état, le dictionnaire de latin était ouvert à la page où figurait le nom que j'avais donné à notre chat seize ans plus tôt. Un hasard. Au début, j'ai eu l'impression que Vanda elle-même n'y accordait que peu d'importance. Elle m'a parlé sans son ironie habituelle, d'une voix qui se contentait d'enchaîner les mots, comme si leur sens importait peu. Le dictionnaire – a-t-elle murmuré, en regardant à nouveau loin par-delà la balustrade du balcon – était ouvert à la lettre L et le mot *labes* était souligné au stylo, de même que chacune de ses acceptions. *Chute, éboulement, effondrement, ruine.* Une plaisanterie bien dans ton style. Pendant que j'appelais le chat avec douceur, tu t'amusais à entendre son nom résonner à mon insu avec sa charge négative dans toute la maison : *désastre, fléau, souillure, infamie, honte.* Tu me faisais dire *honte.* Tu as toujours été comme ça. Tu te montres affectueux et en même temps tu exprimes tes mauvais penchants par des voies détournées. Je ne sais pas quand j'ai compris que tu fonctionnes ainsi. Mais tôt, il y a des décennies, peut-être même avant notre mariage. Je me suis quand même liée à toi. J'étais jeune, j'éprouvais de l'attirance pour toi. J'ignorais à quel point ce peut être fortuit, l'attirance. Pendant des années, je n'ai pas été heureuse, ni malheureuse d'ailleurs. J'ai compris tard que les autres m'intriguaient ni plus ni moins que tu m'avais intriguée. Je regardais autour de moi, décontenancée. Chaque occasion – me disais-je – pourrait m'apporter un amour : c'est comme la pluie, une goutte percute une autre goutte par hasard, une rigole se forme. Il suffirait de creuser la curiosité initiale, et la curiosité deviendrait attirance, l'attirance grandirait jusqu'à appeler l'acte sexuel, l'acte sexuel imposerait la répétition, la répétition fonderait une nécessité et une habitude. Mais je croyais que je ne devais aimer que toi pour toujours, alors je me suis tournée vers d'autres horizons, je me suis mise au service des enfants et de leurs caprices. Quelle bêtise. En admettant que je t'aie jamais aimé – et aujourd'hui je n'en suis plus si sûre : l'amour est une boîte où nous fourrons toutes sortes de choses –, ça n'a pas duré longtemps. Assurément tu n'as rien été pour moi d'unique, d'intense. Tu m'as permis de me considérer comme une adulte, c'est tout : de vivre en couple, de faire l'amour, d'avoir des enfants. Quand tu m'as quittée, j'ai souffert surtout pour ce que je t'avais inutilement sacrifié. Et si j'ai accepté ton retour, c'était pour que tu me rendes ce que tu m'avais pris. Mais émotions, désirs, relations sexuelles, sentiments s'entremêlaient et j'ai vite compris qu'il était difficile de déterminer ce que tu devais me redonner, c'est pourquoi j'ai tout fait pour te réexpédier chez Lidia. Je n'ai jamais cru que tu avais changé d'avis, que tu avais compris que tu me voulais moi, et aucune autre. Je pensais tous les jours à la façon dont tu m'avais trompée. Tu n'éprouvais absolument rien pour moi, pas même ce sentiment de proximité, cette sympathie qui empêche un être humain de rester passif quand un autre être humain souffre comme un damné. Tu avais prouvé de toutes les façons que tu aimais Lidia comme tu ne m'avais jamais aimée, et je savais désormais que si un homme aime ailleurs, il ne revient jamais par amour auprès de sa femme. Par conséquent je me suis dit : voyons combien de temps il résistera avant de retourner se jeter dans ses bras. Mais plus je te tyrannisais, plus tu courbais l'échine. La *labes*, oui, tu as raison. À ce petit jeu, les années et les décennies ont passé et nous en avons fait une habitude : vivre un continuel naufrage, jouir de l'ignominie, c'était là notre ciment. Pourquoi ? Pour les enfants peut-être. Mais ce matin, je n'en suis plus si sûre, eux aussi me sont indifférents. Maintenant que j'approche des quatre-vingts ans, je peux dire que je n'aime rien de ma vie. Je ne t'aime pas, je ne les aime pas, je ne m'aime pas moi-même. C'est peut-être pour ça que j'ai été si affectée quand tu es parti. Je me suis sentie idiote, je n'avais pas été capable de partir avant toi. Et j'ai souhaité ton retour de toutes mes forces uniquement pour pouvoir te dire : maintenant c'est moi qui m'en vais. Pourtant, tu le vois, je suis encore là. Dès qu'on s'efforce d'exprimer quelque chose clairement, on s'aperçoit que ce n'est clair que parce qu'on a simplifié.

Voici en gros ce qu'elle m'a déclaré, résumé avec mes mots. Pour la première fois depuis notre réconciliation, elle a pris soin d'être explicite, mais sans trahir la moindre émotion. Parfois je tentais mollement de protester, mais elle ne m'entendait pas ou refusait de m'entendre. Elle a continué comme si elle parlait toute seule et, à un certain moment, je me suis enfermé dans ma bulle moi aussi. Une question m'obnubilait : pourquoi a-t-elle décidé de me parler aussi durement, elle ne s'aperçoit donc pas que la plupart de ses déclarations peuvent peser lourdement sur notre vieillesse ? Je me suis répondu : rassure-toi, elle n'est pas comme toi, elle n'a jamais ressenti la peur qui t'habite depuis ta plus tendre enfance ; c'est pour cette raison qu'elle sait exagérer, et même, son indifférence grandissant avec les années, elle aimera exagérer de plus en plus et répétera en boucle ces méchancetés ; alors tais-toi, on a saccagé sa maison, elle est fatiguée, les efforts qui l'attendent la dépriment ; en ce moment, il ne faudrait pas la pousser beaucoup pour qu'elle laisse tout en l'état et s'en aille ; par conséquent, si tu veux vraiment dire quelque chose, propose-lui d'appeler quelqu'un pour l'aider, convaincs-la que la dépense ne sera pas énorme, rappelle-lui que ses os sont fragiles et qu'elle ne doit pas se fatiguer ; bref, élude, fais semblant de rien, préserve les jours, les mois, les années qui te restent.

5

J'ignore combien de temps ma femme m'a parlé : une, deux, cinq minutes. La chose certaine est qu'à un moment, comme je ne réagissais pas, elle a regardé l'heure et s'est levée.

« Je vais faire des courses, a-t-elle dit. Surveille le téléphone et l'interphone. »

Je lui ai répondu avec sollicitude :

« Tu peux sortir tranquille. Si les voleurs appellent, je m'en occupe. Nous récupérerons Labès. »

Elle n'a rien dit. Mais en réapparaissant munie de sa poussette à provisions, elle a marmonné :

« Notre chat est perdu. »

Elle voulait dire, je crois, qu'elle avait perdu tout espoir de le retrouver. Tandis qu'elle traversait le séjour, puis l'entrée et qu'elle ouvrait la porte de l'appartement, elle m'a expliqué que je devais guetter le téléphone et l'interphone, non pas au cas où les voleurs se manifesteraient, mais parce que deux semaines étaient passées et que la société qui nous avait loué le stimulateur électrique allait venir le récupérer dans la journée.

« Évite de te faire voler une fois de plus », a-t-elle lancé en refermant la porte derrière elle.

Si elle ne croyait plus à l'hypothèse du chantage, moi qui savais les polaroïds envolés, j'y croyais plus que jamais. Je me suis surpris à me demander : qui viendra récupérer le stimulateur, un coursier lambda ou de nouveau la jeune femme au regard perçant ? Bien vite, je n'ai plus douté de son retour. Le temps a passé, ma femme est rentrée, a préparé le repas. Je me suis montré serein, alors que j'étais en proie à l'agitation et j'y ai gagné un mal de tête. Je voyais déjà la jeune femme sur le seuil, ce serait elle la messagère : nous avons Labès, nous avons les photos, il faut payer tant. Alors je demanderais : sinon ? Sinon, répondrait-elle – pire, elle répondait, elle répondait déjà –, sinon on liquide le chat et on rend les photos à l'intéressée. Pendant que je grignotais un morceau de fromage, je sentais mon cœur énorme dans ma poitrine.

Après le déjeuner, Vanda est redevenue celle qu'elle a toujours été, comme si, en s'épanchant, elle s'était purgée. Avec méthode et sans s'accorder de pause, elle a rangé la cuisine, notre chambre, celle d'Anna, celle de Sandro, et a même dressé une liste détaillée des réparations à prévoir. Elle était au téléphone avec son menuisier de confiance et parlait argent quand j'ai entendu l'interphone. Je suis allé répondre. Une voix de femme m'a informé qu'elle passait récupérer le stimulateur. Était-ce la même fille qu'il y a deux semaines ? Difficile de trancher, elle n'avait pas dit grand-chose. Je lui ai ouvert avant de courir à une fenêtre sur la rue, où je me suis penché. C'était elle. D'une main elle retenait la porte, mais sans se décider à entrer, et discutait avec un homme que je voyais de dos, à travers les branches du magnolia. J'avais du mal à respirer comme toujours quand l'anxiété me gagne. Rien, de là où j'étais, ne m'assurait qu'il s'agissait de l'escroc aux vestes en similicuir, néanmoins mon sang ne circulait plus, m'étourdissant. Tout en le redoutant, je désirais que ce soit lui. De quoi parlaient-ils ? Quelle stratégie avaient-ils retenue ? La fille monterait-elle, l'homme attendrait-il en bas ? Non, il semblait s'être décidé, ils monteraient à deux. Tout récit est une impasse, on arrive toujours à un moment comme celui-ci. Que faire alors, revenir en arrière, recommencer ? Même si on est assez vieux pour savoir que toute histoire se heurte tôt ou tard au dernier mot ? J'ai ressenti avec netteté la même peur qu'au moment où mon père se décidait enfin à nous rejoindre pour le dîner. Nous étions déjà tous à table depuis longtemps, j'entendais son pas indolent dans le couloir. De quelle humeur était-il, bonne ou mauvaise ? Que dirait-il, que ferait-il ? Ma femme – qui venait de finir son coup de fil, mais n'avait pas dû entendre l'interphone – m'a crié depuis la chambre :

« Tu peux venir une seconde, s'il te plaît, m'aider à déplacer l'armoire ? »

LIVRE TROIS

Chapitre 1

1

Notre mère nous laissa à deux mètres de la brasserie. Quel âge pouvais-je avoir ? Neuf ans ? Sandro en avait eu treize quelques mois plus tôt, je m'en souviens, parce qu'on lui avait préparé un gâteau, maman et moi, et que devant les bougies il avait déclaré que s'il les soufflait d'un seul coup, il voulait réaliser un vœu. Lequel ? avait demandé notre mère. Voir papa, avait-il répondu. Donc, par sa faute, nous voici devant ce bar. J'ai peur. Je ne sais rien de mon père, autrefois je l'aimais, mais depuis un bon moment, je ne l'aime plus. J'ai mal au ventre à l'idée de le rencontrer, je ne veux pas lui dire que je dois aller aux toilettes, j'ai honte. C'est pourquoi je suis très fâchée, autant contre mon frère, qui dicte sa loi pour tout, que contre ma mère, qui finit toujours par faire ses quatre volontés.

2

Voilà toute l'histoire, je ne me rappelle rien d'autre. En réalité, je m'en fiche, ce n'est qu'une excuse pour appeler Sandro. Je compose son numéro, son portable sonne longuement avant de passer sur répondeur. J'attends deux minutes et je rappelle. Après cinq tentatives, pas moins, il me répond d'une voix énervée : que veux-tu ? Je lui demande à brûle-pourpoint : « Tu te souviens quand on a retrouvé papa dans cette brasserie, piazza Carlo III ? » Je prends une voix de gamine, émaillée de roucoulements enjôleurs et de petits rires, comme si rien ne s'était passé, comme si je n'avais pas essayé par tous les moyens de lui piquer le pactole de tante Gianna, comme si je ne lui avais pas lancé au visage que tant qu'il persistait à ne pas vouloir me donner un centime, pour moi il était mort, mort et enterré, que je ne voulais plus le voir. Il se tait. Pendant ce temps, il pense : à quarante-cinq ans elle fait la débile comme si elle en avait quinze. J'entends chacune de ses pensées, j'entends les points et les virgules, et je vois qu'il me déteste. Mais peu importe, je le bombarde de déclarations sur papa et maman, notre enfance, cette lointaine rencontre avec notre père, un trou de mémoire que j'ai soudain eu envie de combler. Il essaie de m'interrompre, mais impossible avec moi, je ne le permets à personne. J'annonce de but en blanc :

« Il faut qu'on se voie.

— Je suis pris.

— S'il te plaît.

— Non.

— Ce soir ?

— Je te signale que ce soir tu es occupée.

— À savoir ?

— C'est ton tour de nourrir le chat.

— Je n'irai pas, d'ailleurs je n'y suis jamais allée.

— Tu plaisantes ?

— C'est comme ça.

— Tu as promis à maman.

— J'ai promis, mais je n'arrive pas à rester seule dans cette maison. »

On continue ce petit ping-pong jusqu'au moment où, à force d'à force, il comprend que je parle sérieusement, que le séjour à la mer de nos parents touche à sa fin et que j'ai systématiquement sauté mon tour. Voilà – dit-il – pourquoi l'appartement sentait toujours le pipi et que je trouvais le bol d'eau à moitié vide, pas une croquette dans la gamelle et Labès à cran. Il se fâche, m'accuse d'une voix sifflante d'être égoïste, sans cœur, irresponsable. Mais je ne m'offusque pas, continuant à minauder, rire, arguer de mes peurs vraies ou fausses, user d'ironie à mes dépens. Peu à peu, il se calme. OK, dit-il avec le ton qu'il prend quand il veut m'écraser de sa supériorité de frère aîné, barre-toi en Crète avec le dernier mec que tu as dragué : je me charge de Labès ce soir aussi, et ne viens plus jamais me faire chier.

Silence. Là, j'opère la bascule, je sais toujours quand il convient d'abandonner la petite voix flûtée pour prendre des accents pathétiques, comme maman. Je murmure : « J'ai annoncé la Crète et un nouveau fiancé juste pour ne pas inquiéter les parents ; en fait cette année je ne pars pas en vacances, j'ai pas un rond et ras le bol de tout. »

Le tour est joué, je le connais, le voilà dos au mur. Il cède : « OK, on y va ensemble. »

3

On se retrouve en bas de chez nos parents. Je déteste piazza Mazzini et tout le quartier autour, cette rue aussi avec ses odeurs de pollution et de fleuve. Labès miaule comme un perdu, on l'entend de la cage d'escalier. On monte. « Mais c'est une infection », dis-je en entrant, et mon premier geste est d'ouvrir balcons et fenêtres. Puis je m'adresse au chat, que je traite de dégoûtant personnage, ça le calme, il vient se frotter contre mes chevilles. Mais dès qu'il entend que Sandro lui prépare à manger, il me laisse tomber et court le rejoindre. Je reste dans le séjour. Cette maison m'attriste, j'y ai vécu de mes quinze à mes trente-quatre ans. C'est comme si nos parents y avaient emménagé avec leurs petites affaires en apportant le pire de toutes nos maisons précédentes.

Sandro revient, j'entends Labès croquer sa pitance dans la cuisine. Mon frère s'impatiente, il a sagement accompli son devoir et voudrait s'en aller au plus vite. Mais je m'assieds sur le canapé et j'en remets une couche sur notre enfance, notre père qui nous abandonne, notre mère au désespoir, notre rencontre avec papa. Sandro reste debout pour me signifier qu'il est pressé. Il marmonne des généralités, il se sent obligé de jouer les bons fils pleins de gratitude, et le ton sarcastique avec lequel je reviens sur cet épisode l'insupporte.

« Tu dis des conneries, s'écrie-t-il, c'est papa qui avait réclamé cette rencontre, je ne m'en suis pas mêlé. Et puis ce n'était pas dans une brasserie et ce n'était pas piazza Carlo III. Maman nous a accompagnés piazza Dante, papa nous attendait là au pied de la statue.

— Je me souviens d'une brasserie et de la piazza Carlo III. Un jour papa a parlé d'une brasserie.

— Ou tu me crois ou ça ne sert à rien qu'on parle. Il nous a emmenés dans un restau piazza Dante.

— Et que s'est-il passé ?

— Rien, il a parlé tout le temps.

— Et de quoi ?

— En gros, il a expliqué qu'il travaillait à la télévision, qu'il rencontrait des acteurs et des chanteurs célèbres, qu'il avait bien fait de quitter maman. »

J'éclate de rire.

« Ça, c'est vrai. D'après moi aussi, il a bien fait.

— Tu dis ça maintenant, mais à l'époque tu ne dormais pas la nuit et tu vomissais tout ce que tu mangeais. Tu nous as plus compliqué la vie, à maman et moi, que papa.

— Tu mens, je me suis toujours fichée de lui. »

Il secoue la tête, il a mordu à l'hameçon, il finit par s'asseoir.

« Tu te souviens au moins que tu lui as parlé des lacets ? »

Des lacets ? Mon frère est comme ça, il aime prendre un détail au hasard et broder dessus. Son bagou est une clé de son succès auprès des femmes, d'abord il les amuse puis il transforme tout en drame. Pour moi, au lieu de faire des études de géologie, il aurait dû suivre les traces de papa, travailler à la télé, être présentateur tiens, s'adresser derrière l'écran aux femmes mûres et aux adolescentes. Je le regarde avec une curiosité feinte pour ce qu'il s'apprête à me raconter. Beau, des manières de grand seigneur, il sait vous combler d'égards. Et puis il est svelte, le veinard, avec un visage lisse d'adolescent : il approche des cinquante ans et on lui en donnerait trente maximum. Il jongle entre trois épouses. Épouses, oui, même s'il ne s'est marié qu'une fois. Et il a quatre gosses, ce qui par les temps qui courent est un record : deux de la première, la légitime, et un de chacune des deux autres. Ajoutons les femmes de tous âges dont il est l'ami assidu, leur offrant volontiers une oreille attentive et aussi, en cas de besoin, un tour dans son lit. Il sait y faire, c'est tout. Alors qu'il est fauché comme les blés, il a gaspillé l'héritage de tante Gianna en le distribuant aux compagnes et rejetons, et il perd tous les jobs qu'il trouve ; pourtant il s'en sort, sans les problèmes de survie que je me coltine. Pourquoi ? Parce que les mères de ses enfants étant des femmes aisées qui même en couple avec d'autres hommes ne le considèrent pas moins comme un garçon tendre et un excellent père, elles constituent pour lui une ressource sûre. Il faut le voir avec ses mômes, ils l'adorent. Évidemment ça se gâte de temps en temps, parce que même lui ne peut pas toujours empêcher qu'un réseau affectif aussi complexe se transforme en sac de nœuds et que ses femmes se déclarent alors des guerres féroces pour obtenir l'exclusivité. Mais jusqu'à présent, il a toujours tiré son épingle du jeu, et je sais pourquoi. Mon frère est une personne fausse. Fausse y compris avec lui-même. La raison pour laquelle il réussit si bien à accorder de l'attention et du réconfort à toutes ces femmes – avec souvent au passage des leçons de morale qui dans sa bouche sont franchement hypocrites –, c'est qu'il peut feindre à la perfection tous les bons sentiments sans en éprouver aucun. Je lui demande :

« C'est quoi cette histoire de lacets ?

— Pendant qu'on mangeait, tu lui as demandé si j'avais appris avec lui ma façon de les nouer.

— Parce que tu les noues comment ?

— Comme lui.

— Et lui, il les noue comment ?

— Comme personne d'autre.

— Et il savait que tu faisais comme lui ?

— Non, c'est toi qui le lui as fait remarquer. »

Ça, je ne m'en souviens pas du tout. Je demande : « Comment a-t-il réagi ?

— Ça l'a ému.

— Mais encore ?

— Il a fondu en larmes.

— Je ne te crois pas, je ne l'ai jamais vu pleurer.

— C'est comme ça. »

Labès montre un bout de museau prudent. Je me demande s'il viendra vers moi ou ira vers Sandro. Je sens que je voudrais qu'il vienne vers moi, mais juste pour pouvoir le chasser. D'un bond le chat est sur les genoux de mon frère. Je dis avec une pointe de hargne :

« Je suis sûre que c'est toi qui voulais le rencontrer.

— Pense ce que tu veux.

— De toute façon, pourquoi maman a-t-elle accepté ? Elle n'avait plus ses coups de Trafalgar, nous on s'était habitués à ce qu'il ne soit plus là, elle aurait bien fait de refuser. Qu'est-ce qui lui a pris de tout bouleverser à nouveau ?

— Laisse tomber.

— Non, je veux savoir : pourquoi ?

— C'est moi qui ai insisté.

— Ah tu vois que tu t'en es mêlé !

— J'ai insisté parce que tu allais très mal.

— Quelle générosité !

— J'étais un gamin. J'ai pensé que si notre père voyait de ses propres yeux dans quel piteux état tu étais, il se rendrait compte tout de suite que tu avais besoin de lui et reviendrait.

— Donc, à t'entendre, papa aurait fait machine arrière pour moi ?

— Ne te fais pas d'illusions.

— Alors ?

— Mais enfin, tu ne te souviens de rien ?

— Non.

— OK. Alors je vais te dire autre chose. Le matin du rendez-vous, maman t'a dit : as-tu remarqué la façon ridicule dont ton frère noue ses lacets ? C'est la faute de ton père, il n'a jamais rien fait de bon : dis-le-lui quand tu le verras.

— Et alors ?

— On s'est tous retrouvés emberlificotés dans cette histoire de lacets. Papa est revenu pour maman, pour moi, pour toi. Et nous trois on a voulu qu'il revienne. C'est clair ? »

4

Sandro tel qu'en lui-même, avec sa manie d'enrober les choses pour qu'elles deviennent rassurantes.

Regardez-le maintenant cajoler Labès. Et que je te le caresse, et que je te le tripote, le bonheur pour le chat. Il fait pareil avec tout le monde, humains et animaux. C'est le chouchou de maman, papa n'aborde les sujets sérieux qu'avec lui. Résultat : il accapare tout – affection, estime, argent – et il ne me reste que les miettes. Faux jeton de première. Tout comme est fausse, archifausse, sa version de l'épisode des lacets. *Lui*, il aurait poussé notre mère à nous amener à notre père uniquement parce que *moi*, j'allais mal ? Et tous deux nous aurions ému notre géniteur au point de le faire rentrer au bercail dare-dare ? Et notre mère y aurait mis son grain de sel ? Et ainsi notre jolie petite famille se serait reformée ? Pour qui me prend-il, pour une de ses groupies ? Je lui assène :

« Laisse tomber les lacets, tout ce que nos parents ont su nouer, c'est un lien avec lequel ils se sont torturés l'un l'autre toute leur vie. »

Puis je me lève, attrape Labès sur ses genoux et l'emporte sur le balcon en le caressant. D'abord il cherche à s'échapper, puis se résigne. Du balcon, je lance à Sandro : nos parents nous ont présenté quatre scénarios très instructifs. Un : papa et maman jeunes et heureux, les enfants connaissent les joies de l'Éden ; deux : papa trouve une autre femme et disparaît avec elle, maman perd les pédales, les enfants perdent leur Éden ; trois : papa se ravise et revient à la maison, les enfants essaient de réintégrer le paradis terrestre, papa et maman leur prouvent quotidiennement que c'est une tentative inutile ; quatre : les enfants découvrent que l'Éden n'a jamais existé et qu'il faut se contenter de l'enfer. »

Mon frère a une moue de dépit :

« Tu es pire que notre mère.

— Tu n'aimes plus maman ?

— C'est *toi* que je n'aime pas, elle t'a refilé ses défauts et tu les as empirés.

— Lesquels ?

— Tous.

— Un exemple.

— Les listes : un, deux, trois, quatre. Toutes les deux vous prenez un malin plaisir à boucler un périmètre et à y confiner les autres. »

Je lui réponds froidement que je me limitais à lui dresser le tableau de ce que nous avions subi ensemble, avant de déplorer : « Mais toi, il faut tout de suite que tu m'humilies, et sans aucune raison : si je suis pire que maman, toi tu es pire que papa, tu n'écoutes rien ; tu as même hérité de ce qu'il y a de pire chez les deux, parce que non seulement tu n'écoutes pas, mais, exactement comme maman, tu t'accroches à un détail minuscule pour échafauder une montagne de conneries. » Il me dévisage, lèvres pincées, en secouant la tête, puis regarde l'heure. D'un côté, il a peur d'avoir exagéré, de l'autre il se dit qu'avec moi c'est peine perdue, la paix est impossible, je ne peux pas m'empêcher de faire des histoires. Je rentre dans le séjour et me rassieds sur le canapé avant qu'il ne se lève pour partir. Labès revient quémander, pour le calmer je l'embrasse sur la tête. Il est temps de révéler à mon frère pourquoi je lui ai téléphoné. Je glisse quelques banalités, genre : du reste qu'y pouvons-nous, on n'échappe pas à ses chromosomes, ce n'est ni de ma faute ni de la tienne, on hérite de tout, y compris de la façon de se gratter le crâne. Et je ris comme si j'avais sorti un bon mot. Et toujours en riant, sans le moindre préambule, j'annonce qu'une idée me trotte par la tête depuis quelque temps. Proposons à papa et à maman – dis-je – de vendre cet appartement : il vaut au moins un million et demi, on partage en deux, ça fait sept cent cinquante mille chacun.

5

Sandro me regarde soudain avec intérêt. Une seule chose est indiscutable : notre obsession de l'argent nous vient de notre mère. Papa en a gagné beaucoup, mais il était tellement absorbé par ses ambitions qu'il ne semblait pas s'en apercevoir. Pour lui, seul le travail comptait, l'approbation dont il avait besoin, l'angoisse d'en être privé. Tandis que l'argent a toujours et exclusivement été l'affaire de maman. Elle l'a économisé, accumulé, cet appartement, c'est elle qui l'a voulu. Elle nous a fait sentir l'importance de la plus petite pièce de monnaie, et même son amour pour ses enfants a pris une forme pécuniaire. Il faut dire qu'elle n'en accumulait jamais pour elle, encore moins pour papa, mais pour nous deux, pour nous offrir une vie confortable et la sécurité plus tard. Le livret à la poste, le compte en banque, cet appartement ont été sa façon de nous dire qu'elle nous aimait. C'est ce que j'ai longtemps cru et Sandro aussi peut-être. La preuve que je vous aime – faisait valoir chaque jour notre mère –, c'est que personnellement je ne dépense rien, j'accumule à votre intention. La conséquence, c'est que chez moi le manque d'argent est synonyme d'incapacité à me faire aimer. D'où, à mon avis, la rage qui m'a prise quand tante Gianna a légué quasiment l'intégralité de son bas de laine à Sandro. C'est du moins l'explication que m'ont donnée les médecins quand cette histoire m'a fait perdre la boule et qu'on m'a bourrée de cachets. Mais c'est dur de faire le ménage dans sa tête, je vois toujours un truc qui ne colle pas. Admettons que ce lien zéro argent-zéro affection soit vrai, comment expliquer alors que je claque tout dès que j'ai trois sous et que je fais fuir les gens dès qu'ils s'attachent à moi ? D'ailleurs Sandro aussi, non ? Toutes ces femmes riches, ces enfants pourris gâtés ne sont-ils pas le signe d'un trou impossible à combler ? Contrairement à notre mère dont la jouissance – la seule peut-être qu'elle ait connue – a été d'épargner, il faut qu'on dépense pour se sentir bien. Là-dessus on est pareils, mon frère et moi. En plus à notre époque, où l'argent se fait rare. Et au seuil de la vieillesse. Je suis grosse, je ne compte plus mes rides ni mes cheveux blancs. Qu'est-ce que je peux détester Sandro pour sa beauté d'adolescent, ses longs cils, ses yeux verts, ses cheveux bruns sans teinture dont, à cinquante ans, pas un n'est tombé, son corps athlétique alors qu'il ne pratique pas le moindre sport. Le voilà qui m'écoute enfin, je me livre à quelques commentaires pour lui laisser le temps d'assimiler mon idée : « Ils appartiennent à une génération qui a eu de la chance, ils sont passés de la misère à l'aisance, papa a même obtenu une certaine reconnaissance, ils ont une bonne retraite tous les deux, merde que veulent-ils de plus, tu n'es pas d'accord ? »

Là, mon frère bat des cils comme pour effacer le tableau que je lui brosse et il me demande :

« Pourquoi devraient-ils vendre et nous donner l'argent ?

— Cet appartement est à nous.

— Il est à eux.

— Bien sûr, mais on en héritera.

— Et alors ?

— Alors on leur demande d'anticiper l'héritage.

— Et où iront-ils habiter ?

— On leur louera un appartement plus petit, un deux-pièces cuisine dans un quartier moins central, et on paiera le loyer.

— Tu es folle.

— Pourquoi ? Tu te souviens de Marisa ?

— Non, c'est qui ?

— Ma copine de Naples.

— Et alors ?

— Elle a demandé la même chose à ses parents et ils ont accepté.

— Maman ne sera jamais d'accord. C'est sa maison, elle en a soigné les moindres détails. Et pour papa, c'est le signe qu'il reste quelque chose de son travail.

— Mais leur vie est finie.

— Je ne crois pas. Ils pourraient avoir encore vingt ans devant eux.

— Justement. Dans vingt ans, en admettant que nous y arrivions, j'en aurai soixante-cinq et toi soixante-neuf. J'en ferai quoi à soixante-cinq balais de la moitié de cet appartement ? Réfléchis, ne me colle pas le mauvais rôle comme d'habitude. Ce sont deux personnes âgées. Ça n'a pas de sens qu'ils vivent dans un château avec vue sur le Tibre. »

Il secoue la tête, me regarde avec une sage désapprobation. Il veut que je me sente en tort, c'était déjà son truc quand on était gosses. Naturellement l'argent le fascine, je le lis sur son visage. Mais je le connais, je perçois comme il se débat intérieurement. Son rêve serait que je fasse tout toute seule – parler aux parents, les convaincre, vendre, partager la somme entre lui et moi, à parts égales bien entendu – et qu'en même temps je lui laisse le rôle du fils pétri de doutes qui soulève des objections morales et se soucie de papa et maman. Une partie de moi sait que, si je veux son accord, je ne dois pas le heurter de front, je dois écouter ses sermons de bonne grâce. Mais une autre partie regimbe déjà. Que je le veuille ou non, j'ai moi aussi mes scrupules, je ne suis pas en pierre. Donc s'il s'amuse à m'asticoter, je ne sais pas très bien ce que ça va donner. Mais il ne se contente pas de m'asticoter, il devient blessant.

« Comment réagirais-tu, me demande-t-il, si dans trente ans tes enfants te faisaient la même chose ? »

6

Je réponds du tac au tac : « J'ai appris une seule chose de nos parents, c'est qu'il ne faut pas faire d'enfants. » Puis sur un ton faussement calme, d'une voix qui s'étrangle au fond de ma gorge, j'insiste : « On finit toujours par faire du mal à ses gosses, on peut donc s'attendre à ce qu'ils vous en fassent encore plus. » Je sais qu'il n'aime pas ce genre de formule à l'emporte-pièce, mais j'y recours délibérément. Il a mis au monde quatre enfants en toute irresponsabilité, voyons comment il va s'en sortir.

Il s'en sort, comme d'habitude, en vantant ses mérites. Bien sûr il est convaincu que la bonne voie est celle où il est engagé : mères multiples, paternités multiples et multiples centres affectifs et sexuels. Le tout dans une belle confusion des rôles. Bref, fin du concept traditionnel de couple : pas de monogamie, plusieurs femmes qu'il aime toutes, plusieurs enfants qu'il adore tous. « Moi, dit-il avec la suffisance mielleuse qui lui est habituelle, quand je m'occupe de mes enfants, rien ne leur manque, pour eux je suis le père et la mère. »

Je m'efforce de ne pas rétorquer, je lui donne le temps de se vanter de sa largeur de vues. Je voudrais rester de marbre, mais rien à faire, mon frère m'énerve. Je finis donc par lui lancer au visage qu'il n'est jamais sorti du guêpier où nous avons grandi, qu'il déverse sur ses enfants les angoisses héritées de notre mère : l'homme qui devient femme, la femme qui devient homme, le papa qui devient maman, la maman qui devient papa. Petits travestissements domestiques et escamotages verbaux : tu n'es qu'un gamin terrorisé. Et tandis que je parle, je sens grandir en moi une fureur qui d'habitude se tient coite quelque part. Je grogne entre mes dents que je suis pour l'abolition de la progéniture, l'abolition de la grossesse et de l'accouchement, leur abolition oui, a-bo-li-tion. Je veux effacer jusqu'à la mémoire de la reproduction via un ventre de femme, nos organes génitaux ne doivent servir qu'à pisser et à baiser. Et encore – je crie –, même baiser, je ne sais pas si ça vaut le coup. Alors on s'engueule – Labès prend peur et détale –, nos voix se télescopent, phrase contre phrase, mot contre mot. Incroyable le nombre de lieux communs qu'il est capable de sortir pour se défendre : se blottir la nuit contre la personne aimée nous rassure ; aimer vaut mieux que croire en Dieu, c'est comme une prière contre le risque de mort permanent ; faire des enfants est un antidote à l'angoisse ; ah qu'elles sont douces les joies que procure une descendance, quel enthousiasme à la voir grandir : on s'aperçoit qu'on est un anneau dans la chaîne infinie de ceux qui nous précèdent et de ceux qui nous suivent, c'est la seule forme d'immortalité possible, et patati et patata.

J'écoute. Son homélie semble bienveillante, en réalité elle vise à me blesser. Il veut que je l'envie d'être aussi content de sa flopée de marmots. Il veut que je regrette d'avoir renoncé à procréer, il veut que j'en souffre. Tu n'en as pas – souligne-t-il –, donc tu ne peux pas comprendre, et c'est pour ça que tu parles à tort et à travers. C'est vrai, je ne peux pas comprendre – et là je perds définitivement mon calme –, je ne peux pas comprendre tes inséminations anarchiques, je ne peux pas comprendre toutes ces juments frémissantes baignées d'humeurs, l'oreille collée à leur horloge biologique. Horloge biologique, quelle expression vaseuse. Je n'ai jamais entendu aucun tic-tac, le temps a filé sans un bruit, et c'est bien mieux. Je ne risquais pas d'enfanter en beuglant de douleur, de me faire écarteler sous anesthésie pour me réveiller ensuite dégoûtée de moi-même, déprimée, pétrifiée à l'idée de ces petits polichinelles qu'on ne peut plus ignorer. Ah oui, vivre pour eux. Une fois que vous les avez faits – copier-coller –, vous vous les coltinez quoi qu'il arrive. Mettons qu'on vous offre un chouette boulot à l'étranger, que vous deviez travailler jour et nuit pour un résultat auquel vous tenez ou que vous ayez envie de consacrer tout votre temps à un homme, eh bien niet, les moutards vous rappellent que c'est impossible, ils ont besoin de vous, petites vipères exaspérantes, entortillées à vous de toutes leurs forces, sans pitié. Quoi que vous fassiez pour les contenter, ce n'est jamais assez. Ils vous veulent pour eux et ne savent pas quoi inventer pour saboter vos priorités. Non seulement vous ne vous appartenez pas – quelle connerie ce vieux slogan, soit dit en passant –, mais vous ne pouvez pas non plus essayer de vous donner tout entière à un homme, vos vrais maîtres désormais ce sont eux. Donc faire des enfants – ai-je crié –, c'est renoncer à soi-même. Regarde-toi une bonne fois, regarde la vie que tu mènes. Là tu dois courir en Provence ramener les enfants à Corinne, puis tu iras retrouver la fille de Carla, et ensuite le fils de Gina. Ah le bon père, ah le bon amant. Mais es-tu content ? Et eux, quand tu arrives, quand tu repars, le sont-ils ? J'ai quelques souvenirs de papa venant nous voir le week-end. Je ne me rappelle pas d'événements précis, mais d'une insupportable sensation de malheur – ça, c'est sûr –, qui ne m'a plus jamais quittée. Je voulais mon père pour moi toute seule – je rêvais de vous le prendre, à maman et toi –, mais il n'appartenait à aucun de nous, il était là sans l'être, il avait renoncé à moi, à toi, à maman. Et il avait bien fait, je l'ai vite compris. De l'air, de l'air.

Notre mère lui apparaissait comme la négation du plaisir de vivre, et nous avec, toi et moi dans le même sac. Il ne se trompait pas, c'est ce que nous étions, la négation, oui la négation. Son véritable tort, c'est d'avoir été incapable de nous rejeter une bonne fois pour toutes. Son tort, c'est qu'à partir du moment où l'on a agi de façon à blesser profondément, tuer ou disons marquer à jamais d'autres êtres humains, on ne doit pas revenir en arrière, on doit assumer la responsabilité de son crime jusqu'au bout, on ne commet pas un crime à moitié. Mais lui, je t'en fiche, aucune envergure, étriqué, le bonhomme. Il a tenu tant qu'il s'est senti dans le juste, tant qu'il lui a semblé jouir de l'approbation générale. Puis dès que le balancier a amorcé son mouvement de retour, que les opinions lui ont été moins favorables, que l'effervescence est retombée et que les remords l'ont envahi, il a capitulé. Il est revenu et s'est offert au sadisme de maman. Elle lui a dit : voyons un peu tes intentions, je n'ai aucune confiance en toi et n'en aurai plus jamais, tu ne me feras jamais croire que tu es revenu pour les enfants et moi ; je n'y croirai pas, parce que je sais dans ma chair, dans les zones les plus secrètes de mon cerveau, ce que coûte un choix aussi définitif. Alors à chaque heure, à chaque minute, je te mettrai à l'épreuve. Je mettrai à l'épreuve ta patience et ta constance. Et je le ferai au su et au vu des enfants pour qu'ils comprennent quel homme tu es. Réponds : veux-tu oui ou non nous sacrifier ta vie comme je vous sacrifie la mienne, te sens-tu capable de nous faire passer systématiquement en premier tous les trois ? L'amour, Sandro, la réconciliation familiale : on est loin du compte. Nos parents ont causé notre malheur. Ils se sont incrustés dans nos têtes et nous, on a beau dire, on a beau faire, on leur obéit encore.

Et là, l'idiote que je suis craque et fond en sanglots. Oui, je pleure, je pleure comme une andouille, sans savoir pourquoi. Je suis furieuse contre moi-même de cette fragilité que mon frère saura tourner à son avantage. Mais il s'en abstient. Mon monologue semble l'avoir troublé et il essaie de me calmer. Alors je ravale mes sanglots, sèche mes larmes, prends ma petite voix, me plains que personne ne m'aime, pas même maman, pas même papa. Ils ne m'ont jamais aimée, dis-je. Et je tire à boulets rouges sur la gratitude que les enfants devraient à leurs parents pour la vie qu'ils ont reçue. Gratitude ? Je ricane, m'exclame : ce sont nos parents qui devraient nous dédommager. Parce qu'ils ont porté atteinte à notre cerveau, à nos sentiments. Non ? Je me mouche et murmure en tapotant sur le canapé : Labès, viens.

Le chat me surprend : d'un bond il s'installe à côté de moi.

7

Je suis fatiguée, les larmes ont fait le lit de la migraine, j'y suis sujette comme papa. Mais elles ont aussi eu un effet positif, je sens un rapprochement entre Sandro et moi, et, si je le cultive, mon frère reprendra de lui-même ma proposition. Je caresse Labès et décide de révéler le secret que j'ai découvert par hasard il y a quelque temps en feuilletant le dictionnaire de latin pour un travail personnel. Je lui apprends le sens de ce nom : désastre, ruine. Instruit de la version officielle de papa – Labès, c'est notre bestiole à nous –, il se montre sceptique. Pour le convaincre, je vais chercher le dictionnaire dans le bureau, suivie du chat. Quelle chaleur ! De retour, je m'assieds par terre, trouve le mot, le souligne ainsi que ses différents sens et appelle Sandro d'un geste. Je veux qu'il me donne son avis sur cette trouvaille minable. Il me rejoint à contrecœur. Hum, murmure-t-il, pourquoi aurait-il fait ça, et il n'en dit pas plus, il semble distrait. J'insiste : « Comment qualifier un homme qui ne se livre à un petit jeu de ce genre que pour sa satisfaction solitaire ? Est-il perfide ? Ou seulement malheureux ? Comprends-tu ce que signifie vouloir entendre résonner sans cesse dans cette maison un mot qui résume ton état intérieur, un mot que tu as choisi et que tes proches utilisent sans en connaître la signification ? »

Il fait une moue dont j'ignore si elle a valeur d'adhésion et finit par revenir à la vente de l'appartement.

« Où mettraient-ils toutes leurs affaires ? demande-t-il.

— Les trois quarts sont à éliminer. On a déménagé plusieurs fois, mais maman n'a jamais rien jeté et nous a obligés aussi, toi et moi, à garder tout notre bazar. Ça peut servir, disait-elle, ça peut servir ne serait-ce qu'à vous souvenir de quand vous étiez petits. Se souvenir ? Mais on n'a pas envie de se souvenir ! Je déteste ma chambre, rien que d'y entrer ça m'angoisse, il y a toutes les merdouilles possibles accumulées depuis ma naissance jusqu'au moment où je me suis enfin barrée.

— La mienne, c'est pas mieux.

— Tu vois ? Déjà c'est énorme dans nos chambres, tu imagines si on commence à trier leurs affaires ? Je te donne un exemple : tu sais que maman conserve tous les blocs-notes où elle marquait ses dépenses – pain, pâtes, œufs, fruits – depuis le premier jour de son mariage en 1962 jusqu'à aujourd'hui ? Et papa ? Il a archivé même les niaiseries qu'il écrivait à treize ans. Sans compter les journaux et les revues où il a publié, ses notes de lecture, la transcription de tous ses rêves et ainsi de suite. Et merde, c'est quand même pas Dante. Il a écrit des divertissements pour la télé, c'est tout. Si ses cogitations intéressent vraiment quelqu'un – ce dont je doute –, on numérise, et le tour est joué.

— C'est leur façon de laisser une trace.

— Une trace de quoi ?

— De leur existence.

— Et moi, j'en laisse des traces ? Ou toi ? Cette frénésie conservatrice est typique de maman, papa s'en fout. »

Il sourit et je vois dans ses yeux une expression malheureuse qui cette fois ne me semble pas artificielle.

« Ah oui ?

— Bien sûr. Si on les persuade de vendre, on donne un grand coup de propre dans leur vie et on leur rend service à tous les deux.

— Je ne crois pas.

— Pourquoi ?

— Il règne dans cette maison un ordre apparent et un désordre réel.

— Explique.

— Non, je ne t'explique pas, je te montre. »

Il se lève, me fait signe de le suivre. Labès nous file le train. On entre dans le bureau de papa, Sandro me désigne la bibliothèque.

« Tu as déjà mis le nez dans ce cube là-haut ? »

8

Je fais semblant de m'en amuser, mais en réalité pleurer ne m'a pas soulagée, j'éprouve un chagrin qui me noue les tripes. Si mon frère décide de jeter soudain le masque et de me laisser entrevoir sa souffrance, j'ai lieu de m'inquiéter. Je le vois grimper lestement à l'échelle et redescendre, un cube bleu couvert de poussière à la main. Il l'époussète avec la manche de sa chemise, me le tend.

« Tu te souviens ? »

Non, ce bibelot n'a jamais attiré ma curiosité, comme rien d'ailleurs dans cette maison. Je déteste la foule d'objets de mauvais goût qu'elle renferme, je déteste toutes ses pièces, ses fenêtres, ses balcons, et je déteste aussi le scintillement du fleuve et le ciel trop bas. Sandro en revanche explique qu'il se souvient de ce cube depuis toujours, on l'avait déjà à Naples. « Regarde cette couleur, murmure-t-il, et ce lustre : pour lui, c'est la plus formidable des figures géométriques. Quand nos parents s'absentaient pour une raison ou pour une autre, je fouillais partout. C'est comme ça qu'un jour j'ai découvert des préservatifs dans la table de nuit de notre père et une crème vaginale dans celle de notre mère. » Je me récrie : « C'est dégoûtant ! » Mais ensuite j'ai honte : moi qui, à quarante-cinq ans, ai couché avec un nombre conséquent d'hommes et de femmes, j'en suis encore à trouver dégoûtant que mes parents fassent l'amour ? J'ai un rire nerveux, Sandro, hésitant, regarde mes mains et dit : « Ça suffit, tu trembles. » Je suis surprise par le ton sincèrement attentionné de sa remarque. Il récupère le cube et remonte déjà à l'échelle avec agilité pour le ranger. Je me fâche, réclame : « Ne sois pas idiot, redescends, qu'est-ce que je dois voir ? » Il reste figé en haut, perplexe. « C'est une boîte, finit-il par dire, elle s'ouvre quand on appuie sur ce côté. » Et le voilà qui appuie : le cube s'ouvre comme annoncé. Il le secoue, en fait pleuvoir un certain nombre de polaroïds.

Je me baisse pour les ramasser. Ces clichés montrent quelqu'un que nous connaissons très bien, l'un et l'autre. Et nous la connaissons exactement comme on la voit là, avec ce visage heureux. Elle est entrée dans nos têtes un matin où l'on stationnait dans une rue calme de Rome, maman, lui et moi. On était venus exprès de Naples. On se sentait enveloppés dans une grisaille veinée de terreur et on l'attendait, elle. Maman nous avait expliqué : attendons qu'elle sorte de cet immeuble avec papa. En effet, quand notre père et cette jeune femme sont sortis – qu'ils étaient beaux ensemble, ils resplendissaient –, maman nous dit : voilà, vous voyez comme papa est content, c'est Lidia, la femme pour qui il nous a quittés. Lidia : aujourd'hui encore ce prénom a sur moi l'effet d'une morsure d'animal. Quand maman le prononçait, son désespoir devenait le nôtre, nous avions l'impression de former à trois un seul corps. Mais, à cette occasion, je pus observer la jeune femme et l'organisme unique dont j'étais partie intégrante se craquela. Je songeai : comme elle est belle, et toute en couleurs, je veux être pareille quand je serai grande. Je ressentis aussitôt à cette pensée une culpabilité que je ressens encore, une culpabilité à vie. Je compris que je ne voulais plus ressembler à ma mère et que par conséquent je la trahissais. J'aurais volontiers crié si j'en avais eu le courage : papa, Lidia, je veux venir me promener avec vous, je ne veux pas rester avec maman, elle me fait peur. Tandis que maintenant, en cet instant précis, j'éprouve pour ma mère et moi beaucoup de peine. Lidia est nue, elle est éblouissante. Nous ne sommes ainsi ni l'une ni l'autre et ne l'avons jamais été, la présence secrète de cette photo le prouve. Mon père ne s'est jamais séparé de Lidia, et comment aurait-il pu : toute sa vie, il l'a cachée dans sa tête et dans notre maison. Et nous, il nous a abandonnées alors même qu'il était revenu. Maintenant que je suis beaucoup plus âgée que Lidia sur ces photos, et plus âgée aussi que ma mère à l'époque de ces invraisemblables souffrances, je me sens encore plus humiliée en la voyant. Je demande à mon frère qui est redescendu de l'échelle :

« Depuis quand connais-tu l'existence de ces photos ?

— Depuis une trentaine d'années.

— Et pourquoi ne les as-tu pas montrées à maman ?

— Je ne sais pas.

— Et à moi ? »

Il hausse les épaules, il veut dire qu'il n'essaie même plus de me convaincre de ses bonnes intentions à mon égard.

« Tu es trop bon. Vous êtes tous trop bons avec les femmes. Vous avez trois grands objectifs dans la vie : nous baiser, nous protéger, nous faire souffrir. »

9

Sandro secoue la tête, murmure quelque chose sur mon état de santé. Je lui dis que je vais bien, très bien même, et que c'est chouette qu'on ait parlé, moi du nom de Labès, lui du cube bleu. Désormais, nous en savons un peu plus sur notre père. Quel drôle de bonhomme, il ne proteste jamais, dit oui à tout, il a été et reste l'esclave de maman. Je ne pouvais pas souffrir de les voir, elle le mener à la baguette et lui se laisser maltraiter sans se rebiffer. Et comme je l'ai détesté de n'avoir jamais levé le petit doigt pour nous protéger en face d'elle. Papa, j'ai besoin de telle chose. Demande à maman. Elle refuse. Alors c'est non.

J'examine les photos et, une à une, les laisse tomber par terre. Je demande à mon frère :

« Qu'y a-t-il d'autre que tu sais et pas moi ? »

Sandro ramasse patiemment les photos.

« Sur papa, je ne sais rien d'autre, mais il suffirait de fouiller pour en apprendre davantage.

— Et sur maman ? »

Il reconnaît non sans réticence qu'il a des soupçons, il est persuadé que notre mère a eu des amants. « Je veux des preuves, dis-je, les paroles ça ne suffit pas. – Les preuves, il faut vouloir les trouver », répond-il. Et il avoue qu'il a imaginé pendant des années qu'elle avait une relation avec Nadar. Nadar ? Je m'esclaffe : « Je ne veux même pas y penser, maman avec cette demi-portion de Nadar, quel nom ridicule. » Sandro insiste : « En 1985, peut-être, tu avais seize ans et moi vingt. — Et maman ? » Je n'ai jamais su calculer de tête. Il répond : « Quarante-sept, deux de moins que moi aujourd'hui, deux de plus que toi. — Et Nadar ? — Hum, soixante-deux ? — Dieu du ciel, quarante-sept et soixante-deux ! » Puis je ris encore et secoue la tête, incrédule : « C'est répugnant, je n'y crois pas. »

Mais mon frère y croit, je m'aperçois qu'il y a toujours cru. Il dit en regardant autour de lui : « On tombera sur quelque chose tôt ou tard, et si ce n'était pas Nadar, c'était un autre, il suffit de regarder dans les pots de fleurs, entre les pages des livres, dans les ordinateurs. » Il énumère toute une série d'objets possibles, que je regarde pour la première fois avec curiosité. Je sens mon père et ma mère. Je les perçois dans le silence de ces pièces, ensemble et séparés. Sandro murmure : « Ils se sont cachés l'un à l'autre, mais en laissant planer la menace de se dévoiler à tout instant. » Et là, sans raison évidente, ses yeux deviennent humides. Il est de ces hommes qui se vantent de savoir pleurer. Il lit un roman, vous lui demandez si c'est bien, il dit : j'ai pleuré. Il voit un film, pareil. À cet instant, il fond en larmes et pleure plus fort que moi tout à l'heure – il tend toujours à exagérer. Pour le calmer, je le prends dans mes bras et le garde un moment contre moi, tandis que Labès miaule, désorienté. J'ai peut-être été injuste avec Sandro. C'était l'aîné, il a plus de souvenirs. Les difficultés de nos parents sont d'abord retombées sur lui et ensuite – filtrées peut-être en effet par sa manie de me protéger – sur moi. Je dis : « Allez, ça suffit, on va s'amuser un peu, tirons tout ça au clair. »

10

Ce furent des heures légères, peut-être les plus légères jamais vécues dans cette maison. On a fouillé partout, pièce par pièce. Au début, on s'est limités à déranger l'ordre de nos parents, allègrement talonnés par le chat. Puis on s'est pris au jeu et on a tout cassé. Il faisait de plus en plus chaud, j'étais en nage, je me suis vite sentie fatiguée. J'ai dit à Sandro : ça suffit, mais il a continué avec toujours plus d'acharnement. Alors j'ai sorti une chaise sur le balcon du séjour, j'ai senti avec plaisir que le chat se réfugiait auprès de moi. Je l'ai pris dans mes bras, lui ai murmuré quelques mots. J'avais l'esprit libre, même mon obsession de convaincre nos parents de vendre leur appartement avait disparu, quelle idée saugrenue. Sandro est réapparu, il avait tombé la chemise. C'est le portrait de papa, ai-je pensé. Il m'a regardée en riant :

« Et alors ?

— Pour moi, ça suffit.

— On y va ?

— Oui. Labès veut venir avec moi. »

Il s'est renfrogné.

« Ça non, c'est trop.

— N'empêche, je vais l'emmener.

— Laisse un mot à maman.

— Non.

— Alors appelle-la dès son retour.

— Y a pas moyen.

— Elle va être malheureuse.

— Pas le chat. Tu as vu sa tête ? »

Table

Du même auteur :

Rage de dents, Actes Sud, 1996.
Via Gemito, Fayard, 2004.
La Farce, Fayard, 2021.

PAPIER À BASE DE FIBRES CERTIFIÉES

Le Livre de Poche s'engage pour l'environnement en réduisant l'empreinte carbone de ses livres. Celle de cet exemplaire est de :
200 g éq. CO_2
Rendez-vous sur www.livredepoche-durable.fr

Composition réalisée par MAURY-IMPRIMEUR

Achevé d'imprimer en mars 2021 en France par
MAURY IMPRIMEUR – 45330 Malesherbes
N° d'impression : 252577
Dépôt légal 1re publication : avril 2021
LIBRAIRIE GÉNÉRALE FRANÇAISE
21, rue du Montparnasse – 75298 Paris Cedex 06

21/5393/2